来

剣客相談人5

森詠

時代小説

二見時代小説文庫

目次

剣鬼往来——剣客相談人5

第一話　道場鬼

一

青い月が空にかかっていた。
どこからか花の匂いが漂ってくる。
広之進《ひろのしん》は橋を渡り、謡《うた》いの「鉢木《はちのき》」を唸《うな》りながら千鳥足で歩いていた。
やや酩酊していた。いつになく酔いが回っている。
深川の料亭での酒宴で、注《つ》がれるままに酒を嗜《たしな》んでしまった。
友人の出世を祝っての祝い酒だった。飲まないわけにはいかなかった。
酌をしてくれた芸妓のせいでもある。
——あの芸妓、気風《きっぷ》のいい女だった。あれが小股が切れ上がった女というのだろうか。

米助《よねすけ》という名も男風で、起居振る舞いも、侍のように隙がなく、きびきびしていた。酒の飲みっぷりもいい。三味《しゃみ》も上手《うま》い。美声で、小唄も艶《つや》がある唄い振りだった。惚れ惚れする女だ。

——あれが辰巳《たつみ》芸者というものか。

広之進は、米助の軀《からだ》がしなだれかかったとき、平常心を失いかけた。軀に稲妻のようなものが走り、思わずびくっと軀を硬くした。

「初《うぶ》な御方」

米助は口許に袖をあてて柔らかに笑った。その囁きがまだ耳許に残っていた。心を溶かすような香《かぐわ》しい匂いが鼻孔にこびりついている。

——初な御方か。

かもしれぬ、と広之進はひとり笑いをした。

女遊びなど、これまでしたことがない。

今夜の主賓、要路《ようろ》のどら息子の睦之丞《むつのじょう》などと違い、遊ぶ金はなかった。遊ぶ暇もない。

毎日、剣の修行に明け暮れていた。

心のどこかで睦之丞を羨ましいと思うことがあるのは確かだが、自分には、ほかに憧れるものがあった。弥生《やよい》殿を手に入れられるなら、ほかに何もいらない。そのためにも……。

広之進はふと足を止めた。

剣気を感じた。酔っても、剣気を察する感覚までは鈍っていない。

それもただならぬ気配だ。

掘割《ほりわり》沿いの道が真っ直ぐに延びている。掘割の反対側は、武家屋敷の築地塀《ついじべい》だった。二間ほど先に路地へ折れる角《かど》がある。武家屋敷と武家屋敷の間に入る道だ。その角に不穏な気を感じる。何者かが潜んでいる。

辻斬りか？

最近、神田川沿いの土手に辻斬りが出るという話は聞いている。だが、武家屋敷が並ぶ界隈《かいわい》では、辻斬りの噂は耳にしていない。

もし、辻斬りが出ても、侍が多いこの付近では、逆に返り討ちにされかねない。

広之進は路地の角の手前で立ち止まった。刀の鯉口《こいぐち》を切った。

「何やつ？　出て来い」

黒い人影が青白い月影を背にしながら、ゆるりと現れた。人影は着流しの格好で佇《たたず》んでいた。髪は総髪、後ろで髪を結っている。

「おぬし、武田《たけだ》広之進か？」

影は低い声で問うた。

「だったら、どうする？」

影は広之進の答を最後まで聞かずに動いた。

青白い月の光を一閃させて、刀が広之進を襲った。

広之進は飛び退き、刀を抜き合わせた。危うく影の一太刀を躱《かわ》した。

酔いがいっぺんに醒《さ》めた。

「秘太刀、見せてもらおう」

影は月影を背にしているので、顔は見えない。影は剣を八相《はっそう》に構えた。

広之進は正眼《せいがん》に構えた。相手は八相に構えたまま、じりじりと爪先を進めはじめた。

「なにゆえ、それがしを……」

広之進は相手の気に圧《お》されながら、問い質《ただ》そうとした。

だが、相手は何もいわず、無言のまま、殺気を膨らませていく。

広之進は一瞬恐怖に襲われた。これまで遭ったことのない剣気だった。

下がりたくなくても、影の気に圧されて、じりじりと後ろへ下がってしまう。左足の踵《かかと》が掘割の縁石にかかった。

これ以上、後ろに下がることはできない。下がれば掘割に落ちる。

広之進は焦った。

相討ち覚悟で、打って出るか。それとも……。

相手の影が斜め上段に構えを変えた。

広之進は、その一瞬の隙に乗じて、影に正面から突きを入れた。

まるで、それを待っていたかのように影の刀が広之進を襲った。

広之進は思わず後ろへ飛び退き、影の刀を躱そうとした。

一瞬早く、影の刀が肩口を撫で斬りするのを感じた。

広之進が飛び退いた先には何も足がかりがなかった。

広之進の軀は掘割の水に横倒しに落ちて行った。

水しぶきが上がり、広之進は掘割の水の中に沈み込んだ。

月影を背にした黒い影は、しばらく水面に浮き沈みする広之進を見下ろしていた。

やがて影は刀を懐紙で拭い、築地塀の陰に姿を消した。

広之進は手足をばたつかせ、水面を叩いた。

掘割の上流からぶら提灯を下げた猪牙舟《ちょきぶね》がやって来た。

広之進は掘割の船留めの杭に泳ぎつき、すがりついた。左の肩口からぬるぬるしたものが流れるのを感じた。

だんだんと痛みが増してくる。広之進は声にならぬ声で、猪牙舟に助けを求めた。

「お侍、どうなすった?」

猪牙舟の上から船頭と客らしい男の声がかかった。

「面目《めんぼく》ない……」

広之進は船頭や客の男に襟首や帯を捉まれ、猪牙舟の上に引き上げられた。

広之進は助かったという安堵と同時に、激痛を覚え、気を失った。

二

春のうららな陽射しが、長屋の空き地に差し込んでいた。

文史郎《ぶんしろう》は、諸《もろ》肌脱ぎをし、上半身裸になって木刀を振るっていた。

長屋の井戸がある空き地は、先刻までは、おかみさんたちが集まり、洗濯をしながらおしゃべりしていた場所だが、午後の昼下がりは、閑散としている。

文史郎は、そのときに木刀を振るうことにしたのだった。

——だいぶ軀が鈍《なま》っているな。

城や江戸屋敷にいたときは、たとえ政務が忙しい折にも、無理に暇を作り、指南役を相手に剣の修行に励んだものだった。

しかし、このところ剣の稽古を怠っていた。稽古をしないと、軀の動きが鈍《にぶ》くなり、筋肉も衰える。

風は爽やかだったが、陽射しは暑い。まるで初夏のようだ。

素振りをすると、筋肉が躍動し、肌にうっすらと汗が噴き出てくる。

文史郎は素振りを途中で切り上げると、仮想の相手を仕太刀にし、いくつかの形《かた》を演じはじめた。

文史郎が習得した心形刀流《しんぎょうとうりゅう》は、さまざまな流派の剣を取り入れて工夫し、さらに技を磨いて奥義を極めている。

文史郎は、ふと背後から首筋に鋭い視線が当たるのを感じた。誰かが窺っている。

長屋の棟と棟の間の細小路に人の気配がある。

文史郎は気づかぬ振りをして、見えぬ相手と組太刀の形を続けていた。

黙々と流れるように形を続けた。

人影は食い入るように文史郎の動きを凝視している。

人影はただならぬ気を放っている。

剣気？

木刀を振り下ろした瞬間、背後の剣気が殺気に変わるのを感じた。

空気を裂いて、突きかかって来る。

文史郎は振り向き様、突きかかって来る剣を木刀で切り落とした。木刀を返して相手の胴に、柔らかく止めた。

一瞬、女だと分かった。強く払えば女の肋骨を折り、内臓を叩き潰す。

だから、咄嗟《とっさ》に優しく寸留めにして、木刀を当てた。

それでも相手は、小さく呻《うめ》いて、刀を突きながら、その場にしゃがみ込んだ。

「何者？」

文史郎は軽く当てたつもりだったが、相手の方が勢いよく木刀に突き当たって、胸を強打したのだ。

若侍姿の女だった。

文史郎は木刀を若侍姿の女の首に当てた。

「ご無礼……仕《つかまつ》った。……申し訳ございませぬ」

若侍姿の女は顔を歪め、痛みを堪えながら、切れ切れにいい、ゆっくりと刀を鞘に納めた。

先刻までの剣気は、すでに消えていた。

娘は胸を押さえ、痛みを堪えている。まだ息が荒い。

娘の顔や素振《そぶ》りを見て、文史郎は訳ありと悟った。

娘はその場に土下座し、文史郎を仰ぎ見た。

「お願いの儀がありまする」

娘はそういったものの、文史郎の上半身裸の姿に、恥ずかしそうに目を伏せた。長いまつ毛だった。

整った目鼻立ちをした美しい娘だった。

文史郎は腰の手拭いを外し、脇の下や首筋、胸や背筋の汗を拭い、着物に腕を通した。

娘は俯《うつむ》きながらいった。

「剣客相談人をなさっておられる大館《おおだて》文史郎様でございましょうか？」

「いかにも、それがしが大館文史郎だが」

「長屋のお殿様とお聞きしました」

「戯言《ざれごと》だ」

文史郎は苦笑した。

「元那須川《なすがわ》藩主若月丹波守清胤《わかつきたんばのかみきよつぐ》様とも……」

「いまは若隠居の身。しかも藩を出て天下の素浪人になっておる。そういうおぬしは？」

「これは大変失礼いたしました。それがしは、大瀧左近《おおたきさこん》の娘、弥生にございます」

「大瀧左近殿と申されたが、どちらのご家中《かちゅう》かのう？」

文史郎は訝《いぶか》った。弥生？　わが娘と同じ名前ではないか。

大瀧左近の名に心当たりはない。

「いいえ。牛込《うしごめ》で道場を開いております大瀧左近と申します」

「ほう。あの牛込にある大瀧道場と申すのか？」

「さようにございまする。父大瀧左近が道場主にございます」

若衆姿の娘は終始、堅苦しい男言葉で受け答えしていた。

大瀧道場は、お玉が池の千葉道場などと並ぶ江戸でも有数の大道場の一つだ。

流派は小野派一刀流と聞いていた。

「折り入って、差し迫ったお願いの儀がありまして、あえて失礼を顧みず、こうして伺ったわけでございます」

文史郎は娘の真剣な眼差しと、いいにくそうな顔を見て、徒《ただ》ならぬことと察した。

美形だと、文史郎はあらためて思った。

意志の強そうな、しっかりとした三日月形の眉。細い面立ちに鼻筋が通っている。

切れ長で大きな目が文史郎を見上げた。

後ろに結った髪を背中に長く垂らしている。小袖に袴姿は凛々《りり》しかった。

若侍姿をするだけあって、弥生と名乗った娘は、道場主の娘らしく、しっかりと武芸を身に付けている、と文史郎は判じた。

それも、かなりの手練《てだれ》だ。

あの鋭い突きを躱すのは、なかなか難しい。組太刀の稽古をしていなかったら、文史郎も不意を衝かれて、表突きの切っ先を躱すのは難しかっただろう。

文史郎は娘の様子に、あえていった。

「娘御、拙者はまだ稽古の区切りをつけておらぬ。そこで、見ていなさい」

「はい。見学させていただきまする」

弥生は、その場に正座した。

文史郎は再び気を集中し、仮想の相手に向かい合った。

心形刀流五十七組手。

まだ半分の二十八組手も終えていない。

木刀で仕太刀を演じ、打太刀の相手と斬り結ぶ。

一心不乱に、木刀で組太刀を行なっていく。

三十四番目の形を終え、文史郎は木刀を上段から振り下ろし、残心《ざんしん》に入った。

木刀を傍らに携え、見えぬ相手に一礼した。

細小路にばたばたと走る足音が響いた。

左衛門《さえもん》の走る音だ。右足を引き摺るような左衛門独特の走り方は、すぐに分かる。

「殿、殿、……ああ、やはりこちらにおられましたか」

左衛門は息せき切って走り込んだ。だいぶ後ろからあたふたと駆けて来るのは、口入れ屋の権兵衛《ごんべえ》のようだった。

左衛門はうずくまっている若侍姿の娘を見て、叫ぶようにいった。

「ああ、やっぱり、ここに」

「どうした？　爺《じい》、そんなに慌てて」

文史郎は手拭いで胸や首筋の汗を拭いながら笑った。

「いえ。この依頼人の娘御が仕事をお願いする前に、剣客相談人の腕前を試したいと。自分で、殿の腕を直接見極めなくては依頼できぬと言い張っておったのです」

「うむ」

後ろから権兵衛が現れ、その場にへたり込んだ。

「やはり、こちらへお出ででしたか。お嬢様も……」

「そのようなことはおやめくだされ、とお止めしたのです。万が一、殿が娘御の不意討ちを躱せず、お怪我をされてはと……」

「何、爺は余の方を心配をしておったのか？」

「はい。なにしろ、殿は稽古不足の上に、美しい女子《おなご》には特に弱いので、きっと油断して……」

左衛門はいいながら、しまったと口許を押さえた。

正座した弥生が顔を伏せ、くくくっと肩を震わせて笑いを堪えていた。

権兵衛がとりなすようにいった。

「文史郎様、そういう訳でございまして、いかがでございましょうかのう」

「権兵衛、話が早すぎようぞ。それがし、まだ何も話を聞かされておらぬ」

「さ、さようで？」

権兵衛は弥生を見た。

「はい。まだ、何も申し上げておりませぬ」

「そうでしたか。しかし、こんなところでは、なんですので」

左衛門はあたりを見回した。いつの間にか、細小路にはただならぬ気配を聞きつけ、おかみさんたちが大勢集まりだし、文史郎たちを見物していた。

左衛門が弥生と文史郎を促した。

「さあさ、長屋の方で、お話しましょう」

「弥生とやら、ついて参られよ」

文史郎は木刀を携え、ゆっくりと細小路を歩き出した。

「はい。では、御邪魔いたします」

弥生は素直に返事をし、腰の大小を押さえ、男のように歩き出した。

左衛門と権兵衛が二人のあとに続いた。

三

長屋の畳に正座した弥生は、文史郎を正面から見つめながらいった。

「いささか、長いお話になりまする」

弥生は、そう前置きして、話しはじめた。

道場主大瀧左近は、西国《さいごく》の大藩で長らく指南役を務めていた。

ある年、左近は、筆頭家老やその取り巻きの要路が強く推薦する剣の達人と、指南役の座をかけた試合をするよう要請された。

筆頭家老の言い分は、その剣の達人は神道無念流《しんとうむねんりゅう》免許皆伝で、指南役の左近よりも腕が上である、藩の武芸を向上させるために、ぜひとも藩主の前で御前試合を行ない、相手を打ち負かした方を指南役にすべし、というのだった。

そのとき、左近は齢三十六歳。左近の父で弥生の祖父にあたる大瀧半衛門《はんえもん》が、それまで指南役を勤めており、左近は父半衛門から指南役を世襲したばかりだった。

指南役の世襲に異論を挟んだのが、筆頭家老をはじめとする要路たちだった。

藩内には、長らく多数派の筆頭家老派と、少数派だが、藩主の覚えがいい次席家老派の対立があった。

指南役の大瀧半衛門は次席家老派の支持を受けていた。

筆頭家老は自分の知り合いでもある剣客を、わざわざ江戸より呼び寄せ、左近と立ち合わせて、あわよくば指南役の座を奪わせようとしたのだ。

指南役の世襲に反対する意見は、一応世間的には筋が通っている。指南役は誰もが認めるように、名実ともに強く、人格者でなければならない、というのである。

それまで、藩主は指南役の大瀧半衛門を篤《あつ》く信頼しており、側近中の側近としていた。筆頭家老を中心とする要路は、それに不満を持ち、左近を指南役から追い落とそうとしていた。

指南役を世襲する形になったが、左近は情実で祖父から指南役を禅譲《ぜんじょう》されるのではなかった。

祖父半衛門はむしろほかの高弟よりも左近を厳しく鍛えた。左近もそれに応えて、大勢の高弟の中から勝ち上がって、ようやく小野派一刀流の免許皆伝を受けていたのである。

半衛門は左近を指南役に選ぶにあたり、家訓として、厳しく他流試合を禁じた。剣の道は、みだりに他流試合を行ない、剣技の優劣を決めるものにあらず。ひたすら剣に励み、己の心を磨き、剣の奥義を極めろ。

それが半衛門の戒《いまし》めだった。

新たに指南役に就いた左近は、師でもある祖父半衛門の戒めを盾に、筆頭家老の要求する他流試合を婉曲《えんきょく》に断わり続けた。

藩主も大瀧半衛門の信奉者だったので、左近の言い分を認め、筆頭家老の提案を却下した。

事情が一変したのは、その藩主が亡くなり、ついで半衛門も藩主のあとを追うように急逝《きゅうせい》してからだった。

新しく藩主を継いだのは、まだ世間知らずの若君だった。筆頭家老は、これ幸いと若君の耳に、しきりに指南役の座をかけた御前試合を行なうべしと吹き込んだ。

日ごろ、退屈な城内の暮らしに飽いていた若君は、それはおもしろいと、早速に筆頭家老の提案を受け入れ、左近に、筆頭家老が推す剣客との立ち合いを命じた。

左近は祖父半衛門の戒めや、前藩主の支持を盾にして、若君の命令を断ろうとした。

若君は藩主の命令がきけぬのか、と激怒した。

若君は、それほど左近は指南役の座を守るのに汲々《きゅうきゅう》としておるのか、臆病者めと罵倒した。

左近は若君から侮辱されるのをじっと我慢していたが、とうとう、最後になって、しからば立ち合いを、お引き受けいたします、と応えた。

ただし、と左近は若君に申し上げた。

相手に負ければ、当然のこと指南役から身を引かせていただくが、もし、相手に勝っても指南役を辞退させていただきたい、と。

若君は、指南役を辞めると余を脅かしてまで立ち合いを拒むのか、とさらに激怒した。必死の次席家老たちのとりなしもあって、左近は相手に勝っても指南役を辞するという言葉は取り消した。

御前試合は、ある昼下がり、大勢の家臣たちの見守る中、藩主の目の前の庭先で行なわれた。

立ち合いは木剣によるものとし、判じ役には筆頭家老派の長老で、いまは隠居の身の者が就いた。その長老もかつては一刀流の免許を受けている剣の達人だった。

立ち合いは、一本勝負。勝ち負けに恨みなし、という誓約をしての試合だった。

左近と相手の立ち合いは、ほぼ互角。

一度剣を打ち合い、互いに飛び退ったあと、左近は青眼《せいがん》、相手は八相に構えたまま、長い睨み合いとなった。

互いに無言、微動たりともせず、一刻（二時間）ほどが過ぎた。

家臣たちが退屈して、ざわめきはじめた刹那《せつな》、二人は激しく打ち合い、一人が面を割られて、がっくりと膝をついた。

残心の姿勢をとっていたのは左近だった。

あまりの早業《はやわざ》に、判じ役の長老も、すぐには勝敗を告げる軍配を上げず、呆然と佇んでいた。

「天晴《あっぱ》れ、天晴れ。左近、よくぞやった。さすが指南役だ。誉めて遣わす」と藩主が大声で称え、慌てて判じ役の老人は左近に軍配を上げた。

「ふううむ」

文史郎は感心して声を上げた。弥生の話しぶりは、まるで講談師の語りのようで、聞く者の興味をそそる。

左衛門も権兵衛も弥生の話に聞き惚れていた。

いつの間にか、長屋の出入り口にはおかみさんたちの人垣ができていた。みんな息を呑んで聞き入っている。

「それで、どうなったのかな？」

文史郎は弥生に話をするよう促した。

「ここからが、本題にござる」

弥生は、ややはにかみながらいった。

御前試合から五年後、左近は藩主に指南役を辞したいと願い出た。

指南役には、藩道場の番付け筆頭の高弟で、師範代を務める門弟を推挙し、左近は身を引きたいと申し上げたのだ。

藩主は、まだ先の立ち合いをさせたことに恨みを抱くのか、と不機嫌になった。

左近は遺恨など微塵もない、ただ齢不惑《よわいふわく》となり、最早《もはや》、往年のようには軀が動かない、藩指南役を勤めるには荷が重いので、後進に道をゆずりたい、と申し上げた。

左近の真剣な願いに、藩主もしぶしぶ許しを出した。

その背景には、またぞろ筆頭家老派が動き出し、藩風改革を理由に人事一新を主張していたこともあった。指南役世襲批判がまた再燃していたところだった。

というのも、左近が推挙した師範代は、筆頭家老の甥にあたる侍で、藩主としても、藩内に燻《くすぶ》る筆頭家老派と次席家老派の対立の火種を事前に消しておきたい、という思惑があった。

それが、いまから三年前のこと。

こうして、左近は藩主の許しを得て国許を離れ、江戸に赴《おもむ》いた。

左近は落ち着くと、牛込に小さな町道場を開き、在所から妻子を呼び寄せた。それが母と弥生の二人だった。

大瀧左近は、門弟を募り、小野派一刀流を基にして、自ら工夫し編み出した大瀧派一刀流を教えはじめた。

大瀧左近は、さらに侍だけでなく、町人や農民にも、剣術の普及に努《つと》め、女子供にも護身術として武芸の嗜みを説いた。

はじめこそ、入門者は少なかったが、折りからの武芸流行の波に乗って、口伝えで評判になり、我も我もと入門する者が増えた。

そのため大瀧道場は、お玉が池の千葉道場などと並んで繁盛し、いつも大勢の門弟で溢れ返った。

「ところが、先日、道場へ突然、一人の異形《いぎょう》の浪人が現れ、道場主の父に立ち合いを申し入れたのです」

弥生は続けた。

「ちょうど、その日、父は不在でしたので、師範代が面会し、当道場では他流試合は禁じられております、と丁重にお断りしたのです。すると、その浪人は名前を名乗り、父に伝えれば分かる、とだけいい、薄笑いを浮かべて立ち去ったのです」

「ほう。何と名乗ったのか？」

「柏原仁兵衛《かしわばらじんべえ》。普段温厚な父が、その名を聞いたとたん、不機嫌な顔をしたのです。母もその名を聞いて、顔をしかめました。そのときには分からなかったのですが、後日、その柏原仁兵衛は、御前試合で立ち合い、打ち負かした相手だったと分かりました」

「なるほど。で、お父上は、どうされたのかな？」

「門弟たちを道場に集め、あらためて他流試合を厳禁すると申し伝えたのです。いかなる人物が道場に来ても、相手をしてはならぬ。禁を破った者は、即刻破門すると」

「うむ。だが、禁を破った者が出たのではないか？」

「はい。でも、本人たちは率先して禁を破ったのではなく、不本意にも相手をさせられ、禁を破ることになったのです」

柏原仁兵衛は、翌日も道場を訪ねた。

左近は居留守を使い、門弟たちに丁重にお帰り願えといった。

門弟たちが左近の言いつけ通りに、丁重にお断りすると、柏原仁兵衛は大声で叫んだ。

「居留守を使うとは卑怯千万、仇敵に臆して会おうともしない臆病者め、さっさと出てきて、尋常に立ち合え。さもないと、立ち合う気が起こるまで、毎日門弟を一人ずつ斬り捨てるが、それでいいか。返答せよ」

「で、お父上は、どうなされた？」

「黙って聞き流しておりました。しかし、その夜から、道場でも腕自慢の高弟たちが一人、また一人と襲われ、斬られはじめたのです」

「ううむ。お父上も困られたろうのう」

「はい、道場の四天王と呼ばれた高弟たち三人が腕を斬られたり、肩を斬られ、深手を負わされました。そして、昨夜には、師範代が襲われ、掘割に落ちて、かろうじて助かったような次第です」

「お父上は、それでも柏原仁兵衛と立ち合おうとなさらないのだな？」

「はい。それで、それがし、剣客相談人の噂を耳にし、父上をなんとか助けていただけないかと、こうして相談に上がったのです。なにとぞ、よろしうお願い申し上げまする」

　弥生は両手をつき、平伏した。

　文史郎は左衛門と顔を見合わせた。

「弥生殿は、拙者たちに、どうしてほしい、というのかな？」

「柏原仁兵衛の嫌がらせを、ぜひとも、止めていただきたいのです。このままでは、門弟たちが恐がって道場に来なくなり、門弟が減って道場は立ちいかなくなるでしょう。それ以上に何の罪も科《とが》もない門弟たちの身が危ない」

「うむ」

「このままでは、父も黙っていられなくなり、禁を破って柏原仁兵衛と立ち合うことになるのではないか、と心配しておりまする」

「そうさせないためにも、ぜひとも剣客相談人に、柏原仁兵衛を説得していただきたいのです。無用な争いはやめないか、と。御前試合で、互いに勝ち負けに恨みなし、と誓ったではないか、と」

口入れ屋の権兵衛が両手を擦り合わせるようにして、文史郎と弥生の間に割って入った。

「つきましては、先ほどお話しいたしましたように、お引き受けする場合、規定の料金の半金を前金としてお支払いいただけないと……」

「権兵衛、まだ引き受けるとも引き受けぬともいっておらぬぞ」

文史郎は呆れて頭を振った。弥生がすすっと膝を進めた。

「そこを、なんとか、お引き受け願えませんでしょうか。ぜひとも」

弥生は必死の形相で文史郎の手を握らんばかりに膝を乗り出した。

「かもしれぬのう」

文史郎は腕組みをし、左衛門が用意した茶も飲まず、考え込んだ。

四

弥生は権兵衛とともに立ち去った。

部屋には、まだ弥生の移り香が漂っている。文史郎は鼻孔をひくつかせながら、その芳《かぐわ》しい香りを嗅いだ。香りの中に、番茶の薫りが混じった。

「殿、さあ」

文史郎は促され、目を開いた。盆の上の湯飲み茶碗が湯気を立てている。

「どういたそうかのう」

文史郎は茶を啜りながら首を傾げた。

「まずは、その柏原仁兵衛に会って、やめるようにいわねばなりますまい」

「黙って素直に、我らのいうことを聞くかのう。もし、拒否したら、いかがいたす？」

「……いたしかたありますまい」

左衛門は澄ました顔でいった。文史郎は左衛門の顔をじろりと睨んだ。

「爺、まさか、その柏原仁兵衛を斬るとでもいうのではあるまいのう」

「そうなるやもしれません」

文史郎は湯飲み茶碗を盆に戻した。

「おいおい、爺、それがしたちは、刺客ではないぞ。弥生殿から、そのような依頼を受けたわけでもない」

「それはそうですが、柏原仁兵衛は私たちに斬りかかるかもしれませぬぞ。大瀧左近の回し者かと思って」

「……それを、それがしは恐れているのだ」

文史郎はまた腕組みをし、頭を左右に振った。

御前試合の様子を聞くと、柏原仁兵衛は神道無念流の相当の練達者に相違ない。あれから、五年も経っている。

柏原仁兵衛は敗北したことを悔やみ、さらに腕を磨いて自信をつけ、大瀧左近に立ち合いを求めて来たのに違いない。

柏原仁兵衛が斬りかかって来たら、自分も刀を抜き合わせるしかない。はたして、自分は柏原仁兵衛を迎え討てるだろうか、不安もある。

それはどうしても避けたい事態だった。

自分は柏原仁兵衛の敵ではない。大瀧左近の味方でも代理でもない。

いくら相談料を受け取っているからといって、相手を斬ることまでは引き受けてはいない。

いってみれば、立ち合いをやめるよう柏原仁兵衛を説得する仲裁料みたいなものだ。

「しかし、爺、どうしたら、柏原仁兵衛が大瀧左近と立ち合うのをやめてくれるのか。その条件を聞き出す。それぐらいしかできぬのではないか？」

「そうでございますな」

左衛門も腕組みをし、大きくうなずいた。

「それ以上、立ち入ることになれば、私たちが柏原仁兵衛の敵になりましょうしな。それは望むところではありません」

「うむ」

文史郎は考え込んだ。

まずは、どうすれば、柏原仁兵衛に会えるのか、だった。

手っ取り早い方法といえば、牛込の大瀧道場に張り込むしかなさそうだった。

とはいえ、大瀧左近に気づかれずに、道場に張り込まねばならない。

弥生によると、剣客相談人の自分たちに相談したことを内緒にしてほしい、ということだった。

もし、大瀧左近が、それを知ったら、余計なことをするな、と怒るだろうというのだ。

しかし、いつまでも大瀧左近に内緒にしてはおけまい、と文史郎は思うのだった。

五

江戸川の川面に下がった柳の枝が、そよ風に揺れていた。

文史郎は床几《しょうぎ》に腰を下ろし、ゆったりとした流れに釣糸を垂れ、向かい側に見える大瀧道場を、それとなく窺った。

道場に張り込みはじめてから、今日で三日目になる。

そろそろ柏原仁兵衛が現れてもいいころだ、と文史郎は思った。

対岸の左斜めの向かい側には、左衛門が釣糸を垂れている。

小鷺が川辺の浅瀬に立ち、忙しく嘴《くちばし》で底を漁《あさ》っていた。

江戸川は右から左にゆったりと流れている。左手に見える船河原橋を過ぎると、そこから先は神田川だ。

時折、荷物を積んだ船や汚穢《おわい》船が川を行き来するが、それも一時で、すぐに川は静まり返り、音も立てずに流れていた。

文史郎だけでなく、川端には何人もの釣り人がのんびりと釣糸を垂らしている。

釣果はまったくない。

文史郎は欠伸《あくび》をし、眠気を振り払った。

釣果さえあれば、眠気も吹き飛ぶのだが、と独言《ひとりごと》を呟いた。

道場の両脇には、旗本や御家人たちの住む長屋が軒を並べている。

昼の最中ということもあって、通りの往来は、ほとんどなく、閑散としていた。

道場の武者窓から竹刀を打ち合う音や足を踏み鳴らす音、甲高い気合いが洩れ聞こえてくる。

昼前は町人や子供たちが道場に駆けつけ、稽古に励んでいた。

昼過ぎになると、旗本や御家人、江戸詰めの若侍たちの姿が多くなり、気合いや竹刀を打ち合う音も激しさを増した。

文史郎は、己の若かりしころを思い浮かべた。

文史郎も元服前後、道場に通い、稽古に汗を流したものだった。

あのころは、毎日が楽しかった。何が楽しかったのか、は思い出せない。稽古試合で相手に勝ち、道場での番付けが少し上がったこと。通りすがりに覗く、甘味茶屋の娘に胸をときめかせたくらいのことだろうか。

そのとき、はっとして、目を逸らし、川面の浮きを眺めた。川面に対岸を歩く一人の人影が映っていた。

くすんだ色の着流し姿の浪人者。

頭は月代《さかやき》を剃らず、総髪を後ろで集め、丁髷《ちょんまげ》を結っている。何気ない素振りで、顔を上げ、浪人者の顔を窺った。

中肉中背。しかし、背筋をぴんと伸ばし、いかにも剣客を思わせる体付きだ。頰こけ、眼孔が窪み、青白い異形の顔をしている。まるで死人《しびと》を思わせる顔だった。

おそらく柏原仁兵衛だ、と文史郎は思った。

斜め向かいに座った左衛門も、その男に気づいたらしく、顔を緊張させている。

異形の顔が振り向き、鋭い眼差しを文史郎に向けた。

ちょうど、そのときに浮きが水面に浮き沈みしていた。

文史郎は魚信《あたり》に合わせて竿を上げ、魚に針をしっかりとくわえ込ませた。かかった。

文史郎はしめた、と思いながら、魚を釣り上げ、対岸の浪人者に目をやった。

浪人者は、道場の玄関先に立ち、訪《おとな》いをしていた。

大物だ、と文史郎はほくそ笑んだ。

爺、見たか。この大物を。

文史郎は左衛門に釣果を見せようと釣り竿を高く掲げた。

あっと、文史郎は叫んだ。釣り上げたばかりの魚が釣糸を切り、銀鱗をきらめかせ、水面に飛び込んで逃げた。

なんてこった！

よりによって、こんなときに大物に逃げられるなんて。

おのれ、と文史郎は臍《ほぞ》を嚙んだ。

魚は逃がしたが、柏原仁兵衛を逃がすわけにはいかない。

文史郎は左衛門に目配せした。左衛門はうなずき、釣竿を片づけはじめた。

文史郎は道場に目をやった。さっきまで玄関先に立っていた浪人者の姿がない。

あたりを見回すと、柏原仁兵衛が川沿いに歩き去る後ろ姿が見えた。

浪人者の後ろを、魚籠《びく》や釣り道具を抱えた左衛門がさりげなく尾行しはじめていた。

文史郎も気を取り直し、竿と魚籠、餌箱などを小脇に抱え、こちら側の岸の通りをゆったりと歩く。

柏原仁兵衛らしい浪人者は、すたすたと後ろも気にせずに歩いて行く。

川の両側には、侍長屋や武家屋敷が続いている。

空には鳶《とび》が風に乗って悠然と飛んでいた。

やがて、江戸川は左手に緩く曲がり、さらに武家屋敷の塀が続く。

橋が架かっていた。文史郎は足を緩めた。

案の定、浪人者は橋を渡り、文史郎のいる岸に移って来た。

文史郎は浪人者が橋を渡りきり、路地に入ってゆくのを見送った。ついで左衛門が橋を渡り、こちら側に来た。

「一度振り向いたので、気づかれたと思いましたよ」

左衛門はふっと吐息《といき》を洩らした。

「二人で尾《つ》けるのは目立ち過ぎるな。爺、今度はそれがしが尾《つ》けよう。爺は、少し遅れて来てくれ」

「はい」

左衛門はうなずいた。

文史郎は一人で浪人者のあとを、見失わないように尾行し続けた。

浪人者は路地から路地を抜けて足早に歩いていく。

やがて浪人者は三つ並んだ寺門の一つを潜り、境内に入って行った。

文史郎は寺門にかかった表札を見た。

大泉寺とあった。

門の外から境内を覗き込むと、細長い境内で、宿坊に続いて本堂が見えた。

いつの間にか、浪人者の姿はなかった。

逃したか？
文史郎は意を決して門を潜り、石畳の参道に歩を進めた。
後ろから追いついた左衛門がついて来る。
宿坊は扉がぴたりと閉じられ、人の気配はなかった。
本堂も静まり返っていた。だが、どこからか読経の声が流れて来る。
文史郎は本堂への砂利道をゆっくりと歩んだ。
どこへ浪人者は姿を消したか。いずれにせよ、遠くには行くまい、と文史郎は思った。
本堂の戸はがらりと開け放たれ、仏像の前で読経を上げる住職の姿が見えた。
「殿、あの侍は、どこへ行ったのでしょうかね」
左衛門が文史郎の後ろから声をかけた。
そのとき、文史郎は背後に人の気配を感じて振り向いた。
「それがしに御用があるのかな？」
低いどすの利いた声が響いた。宿坊の陰から、先刻の浪人者がゆっくりと姿を現した。
浪人者の全身から殺気を孕《はら》んだ剣気が放たれていた。

六

浪人者の額には木刀で打たれた傷痕が深く残っていた。

浪人者は手こそ刀の柄《つか》にあてていないが、答次第では斬るという構えだった。

居合い？

文史郎は浪人者から威圧感を覚えた。咄嗟に手を突き出し、相手の気を殺《そ》いだ。

「待て。怪しい者にあらず」

文史郎は一足一刀の間合いを取って、浪人者に相対した。

隣の左衛門は刀の鯉口を切り、柄に手をかけて身構えている。

浪人者は左衛門のことは無視し、半眼で文史郎を眺め回した。

「ふうむ。おぬし、出来るな」

文史郎の技量を見極めたらしく、頬に酷薄な笑みを浮かべた。

「おぬしは柏原仁兵衛殿でござるか？」

「…………」

浪人者は答えなかった。だが、目が細くなった。

「もし、柏原仁兵衛殿ならば、お願いの儀がござってのこと」

浪人者は猜疑の目で文史郎と左衛門を見た。

「お願いだと？　おぬしたち、いったい、何者？」

「これは失礼つかまつった。それがし、相談人大館文史郎と申す」

「老いぼれなれど殿の傳役《もりやく》篠塚《しのづか》左衛門」

左衛門が油断なく身構えたままいった。

「殿の傳役だと？」

浪人者は訝しげに左衛門を眺めた。左衛門は刀の柄に手をかけたままいった。

「こちらの御方は……」

文史郎は手で左衛門を制しながらいった。

「長屋にて、よろず揉め事相談仕る生業《なりわい》をしておる者」

「……そのよろず相談人のおぬしたちが、拙者に、いったい何の頼みがある？」

浪人者の剣気がいくぶんか弱まった。

「おぬし、大瀧道場の道場主大瀧左近殿に立ち合いを求めておられるとお聞きした」

「…………」

浪人者は無表情だった。

「大瀧左近殿は日ごろから、他流試合を禁じると門弟たちにいい、道場を訪ねてくる腕自慢の剣客たちには、その旨を伝えて丁重にお引き取り願っていると聞いた」

「…………」

「ところが、おぬしは大瀧左近殿が立ち合うまで、大瀧道場の門弟たちを斬っていくと脅した。しかも脅すだけで済まさず、何人かの門弟を斬ったとお聞きしたが」

柏原仁兵衛は鼻先で笑った。

「笑止。誰がおぬしに、そのようなことをいったかは知らぬが、拙者は相手が斬りかかって来たから打ち払ったまで。おのれの腕前も弁《わきま》えぬ身の程知らずの連中だ」

「門弟たちが、おぬしに斬りかかったと申されるのか？」

文史郎は左衛門と顔を見合わせた。

弥生の話とは、だいぶ違うではないか。

左衛門も首を傾げた。

柏原仁兵衛は冷ややかに笑った。

「信じられぬか。ならば、信じずともいい。拙者はどう思われようと構わぬ。ただ、いま一度、大瀧左近と立ち合いたいだけだ」

文史郎は一呼吸おいていった。

「それがしのお願いの儀は、その大瀧左近殿との立ち合いを、おやめいただけないだろうか、ということだが」

「…………」

「こんなことを申し上げては失礼かと思うが、もし、おやめいただければ、それ相応の御礼を出させていただくよう手配いたすが」

柏原仁兵衛は顔をしかめた。

「見下げ果てたやつ。門弟たちに、それがしを襲わせて、無理だとなれば、今度は金で話をつけようというのか」

「お待ちくだされ。これは、大瀧左近殿からの依頼ではない。誤解なきよう願いたい」

「では、いったい誰に頼まれた？」

「それは申せぬ。相談人は依頼人のことを明かさぬ決まりになっておる」

文史郎は静かに断った。

柏原仁兵衛はまた鼻先で笑い、頭を振った。

「おぬしら、誰に頼まれたか知らぬが、いずれにせよ、大瀧左近の手の者の頼みなのだろう？　そのような姑息《こそく》な手を使わず、正々堂々、拙者と立ち合えばいいではないか。そう依頼人に伝えよ」

文史郎はあえていった。

「もし、お金でなければ何を望まれる?」

「何度いわせるのだ? 拙者の望みは、大瀧左近と立ち合うことのみ。御前試合においては拙者が負けたが、今度はそうはいかぬ」

「御前試合の勝負は、恨みっこなし、という約束だったはずだが」

「拙者は大瀧左近を恨んでなどおらぬ。むしろ、終生の剣友と思うて尊敬しておった。いままではな。どうやら、それがしの思い違いだったらしいが」

「どうしても、大瀧左近殿と立ち合いたい、と申されるか」

「くどい。拙者は、いま一度大瀧左近と立ち合うために、何もかも捨てて、これまで生きてきた。苦しい修行に耐えてきた。立ち合いさえできれば、ほかに望むことはない」

「そうか。そこまで決意されておられるか」

「ともあれ、門弟やおぬしらの陰に隠れてこそこそせずに、正々堂々と立ち合えと、大瀧左近に伝えるがいい。それがしは、この寺に、しばらく逗留する。先日道場で渡した果たし合い状の返答はいかに、と伝えよ」

「果たし合い状を渡したというのか？」

文史郎は左衛門を振り向いた。

「爺、果たし合い状のこと、聞いておったか？」

「いいえ。何も聞いておりませぬ」

左衛門は首を振った。

「では、その依頼人とやらに申し伝えよ。それがし、あと三日、寺に逗留する。逃げも隠れもしない」

柏原仁兵衛はじろりと文史郎と左衛門をねめ回した。

「どうしても、立ち合わぬなら、やむを得ぬ。それがし、大瀧道場の看板を頂き、天下に大瀧左近の醜態を喧伝仕る所存だとな」

「ふううむ」

文史郎はふと後ろの本堂の方に、人の気配を察した。いつの間にか、読経が終わっていた。

柏原仁兵衛は神妙な態度になり、本堂の方角に向かい、合掌してお辞儀をした。

振り向くと、本堂の縁に立った住職が合掌して柏原仁兵衛に応えていた。

七

若侍姿の弥生は文史郎の前で畏《かしこ》まっていた。

「それがしは、門弟たちから、そう聞いておりました。門弟たちの話を頭から信じて、文史郎様たちにも、そう申しあげたのです」

「ううむ。どうやら道場の門弟たちは、おぬしに正直にいわなかった様子だな」

「申し訳ござらぬ。それがし、高井《たかい》たちを信じたばかりに、相談人の方々にご迷惑をおかけしてしまいました」

「高井というのは？」

「はい。道場の高弟で、四天王の一人、高井真彦《まさひこ》という者です」

「その高井は、確かに柏原仁兵衛に襲われたと申したのか？」

「はい」

「高井のほかに襲われた四天王というのは？」

「藤原鉄之介《ふじわらてつのすけ》と北村左仲《きたむらさちゅう》の二人です」

「残る四天王は一人か？」

「はい。小室睦之丞《こむろむつのじょう》です」

「ほかに襲われた者は？」

「師範代の武田広之進」

「四天王の三人だけでなく、師範代までも斬られたというのか？」

「面目ござらぬ。大瀧道場の沽券《こけん》にかかわること。このまま、父大瀧左近までもが立ち合いで負けては、小室睦之丞以外、練達者はいなくなり、大瀧道場は潰れることになりましょう」

「なぜに、お父上が負けると思うのかのう？　一度は打ち負かした相手。その後も、お父上は道場主として、大勢に稽古をつけておられたのだろう？　そうやすやすと負けるとは、思えぬのだが」

「実は、父は……」

弥生は口籠り、横を向いた。細い指で目尻の泪《なみだ》を拭った。

「お父上は、どうされた？」

「……他人にはいってはならぬといわれておりますが、相談人様には申し上げておきます。父は病《やまい》の身なのです。床《とこ》にこそ伏せってはおりませんが、とても柏原仁兵衛と立ち合うことができる身ではありませせぬ」

文史郎は左衛門と顔を見合わせた。

「病だと?」

「何の病かの?」

「胸の病です。……先日も、無理をおして、それがしに稽古をつけたあと、激しく吐血されて」

「そうか。胸の病とな」

「父は門弟たちに隠しておりますが、見所《けんぞ》で稽古を見ているのも難儀なほど、躯が弱っております。懇意の蘭医も、激しい稽古や立ち合いなどもってのほかと申しておりました」

「そんな躯なのに、なぜ、おぬしに稽古をつけるような無理をなさったのかのう」

「父は死ぬ前に、せめて大瀧流の秘太刀を、娘のそれがしに授けておきたいという一心で無理をなさったのです」

弥生は顔を伏せ、泪《なみだ》を堪えていた。

「柏原仁兵衛は道場に果たし状を渡したと申しておったが、受け取っておるのか?」

「……はい。確かに」

「なぜ、果たし状のことを、それがしたちに申さなかった?」

「申し訳ございませぬ。不要なことかと」

「お父上は、何と申しておられる？」

「実は、父へは果たし状を見せずにおいたのです」

「なぜに？」

「見せれば、父は無理をおしてでも、果たし合いに行くと言い出すでしょうから、内緒にしていたのです。相談人様たちが、なんとか、柏原仁兵衛に立ち合いをしないようかけあっていただけるだろう、と思いまして」

「しかし、お父上は、他流試合を厳禁しておったのではないのか？　果たし合いも断ると思ったが」

「いえ、父は門弟たちが斬られたことを知って、柏原仁兵衛を卑怯者と激しく罵《ののし》っておりました。今度という今度は許さぬと」

「そうか。残念だが、お役には立てなかった。柏原仁兵衛はあくまで、お父上と立ち合うつもりでいる。はてさてどうしたものかのう」

　文史郎は腕組みをし、考え込んだ。

「父は、もう果たし状のこと、存じております。誰かが不用意に、果たし状のことを父に漏らしたのです。父は烈火のごとくそれがしを怒りました」

「そうか。お父上は果たし状のことを知ったのか。それで、何と申しておられる？」

「病身をおしてでも柏原仁兵衛と立ち合うつもりでございます」

「ううむ。お父上は相討ちででも死ぬつもりだな」

「だろう、と思います。それゆえ、それがしに父は秘太刀を伝えておきたい、と必死になったのだと思います」

文史郎はうなずいた。

どのような秘太刀なのか興味はあったが、尋ねなかった。秘太刀は口伝《くでん》であり、それを伝授されるのは、その流派の継承者であるか、あるいは、それに準じる熟達者である。

おそらく尋ねても弥生が安易に秘太刀を洩らすはずがない。秘太刀は秘してこそ価値があるのだ。

だが、と文史郎は思った。

「お父上が、おぬしに秘太刀を伝授したということは、万が一、命を落とすことがあっても、弥生殿が大瀧道場を継ぐことと考えてのことであろう？」

「……はい。父もそう申しておりました。ほんとうなら娘でなく、息子であったなら、と常常《つねづね》申しておりました。ですから、私が婿養子を取るのを楽しみにしておりました」

　弥生は恥ずかしそうに顔を伏せた。

「許婚《いいなずけ》はおられるのだろうな」

「それが……まだ」

「ほほう。そうか。まだおらぬというのか」

「殿、お顔が緩んでおりますぞ」

　左衛門が小声で注意した。

「爺、よけいなことを」

　文史郎はこほんと咳をした。

「弥生殿が心に秘めておる御方がおるのではないのか？」

「そのような人は……おりませぬ」

　弥生は顔を真赤にした。襟元まで赤く染まっている。

　ははん、と文史郎は思った。

　弥生には、誰か好ましく思っている男がいるらしい。そうでなければ、顔を赤くはすまい。

「お父上は門弟の中から、跡継ぎになりそうな人物を選んで、弥生殿の婿殿にしようと思っていたのではないか」

「……分かりません」

弥生は恥ずかしそうに身をすくめた。

表の小路に下駄の足音が響いた。

文史郎が左衛門に何かいいかけたとき、いきなり油障子戸ががらりと開き、大門甚《だいもんじん》兵衛《べえ》が顔を出した。

「殿、権兵衛から聞きましたぞ。何やら実入りのいい仕事が舞い込んだとやら」

大門は弥生の顔を見、一瞬動きを止めた。

弥生は憂いのある目で大門を見上げた。

文史郎は大門が僻《ひが》むだろうと思った。

「ちょうどいいところに来た。爺に、おぬしを呼ばせに行かせようとしていたところだ」

「そちらの御方が、仕事の?」

「そうだ。弥生殿、この男、大門甚兵衛と申す相談人仲間だ」

弥生は素早く大門に向き直り正座してお辞儀をした。

「そうでござるか。それがしは、大瀧弥生と申す者、あらためて、よろしくお願いいいたします」

「おう、こ、こちらこそ、よろしう」

大門の最初の元気さは、どこかに消え、まるでどこからか借りてきた猫のようにおとなしくなった。

「ところで、弥生殿、柏原仁兵衛に襲われた者たちの話を聞きたいのだが、それがしたちを紹介してくれぬかのう」

「はい。しかし、どうしてでござるか？」

「いったい、どちらの言い分が正しいのか、問い質《ただ》したいのだ。柏原仁兵衛が嘘をついているのか、それとも、門弟たちが嘘をついているのか、それによっては、それがしたちにも考えがある」

弥生は一瞬、目をしばたたき、考え込んだが、すぐに思い直していった。

「分かりました。いずれも道場を休んでおりますが、それがしが案内いたしましょう」

弥生ははにかみながらいった。

その弥生の様子から、その門弟たちの誰かを慕っているのではなかろうか、と文史郎は思った。

八

四天王の一人、高井真彦は旗本高井信彦《のぶひこ》の次男坊だった。

旗本屋敷を訪ねると、出てきた高井真彦は頭にぐるぐると包帯を巻いていた。

高井真彦は弥生が見舞いに来たと知って、面目ないと恥ずかしがり、なかなか話そうとしなかった。

どうやら、弥生がいる前では話したくないのだろうと察し、文史郎は一人だけで会うことにし事情を聞いた。

高井真彦は、夕方、道場での稽古が終わっての帰り道で、突然、自宅近くの暗がりで柏原仁兵衛に行く手を阻まれた。

「道場主の代わりに立ち合え」といわれ、拒む間もなく、柏原仁兵衛から斬りかかられた。

応戦しようと刀を抜いたが、たちまち右肩を斬られて刀を落とした。

ついで柏原仁兵衛は高井の丁髷を切り、掘割に放り込んで嘯《うそぶ》いた。

大瀧左近に、柏原仁兵衛と立ち合うようにいえ。さもないと、おぬしのような犠牲者がもっと出るぞ、と。

「おぬし、どうして、その男が柏原仁兵衛と分かった？」

「相手がそう名乗ったのでござる」

「どんな風体《ふうてい》だったかのう？」

「暗がりだったので、よくは見えなかったのですが、着流しの格好で、頭は総髪を後ろで束ねて丁髷を結っておりました。道場に訪ねて来たときと、変わらぬ格好でしたから、すぐに分かりました」

「斬られた傷の具合は、どうかな」

「医者のいうことには、大した怪我ではない、と」

「しかし、右肩のあたりを斬られたのだろう？　骨は斬られなかったのか？」

「はい。柏原仁兵衛の腕前は大したことがない。少しばかり撫で斬りされただけでござる。蘭医に数十針も縫われましたが、傷口さえ塞げば、数日で動けるだろう、とのこと」

「ほほう」

高井は照れたように笑い、寝床に起き上がった。

「ほれ、この通り。もう動けますからな。それがしだったなら、一刀のもと、肩の骨を砕き、胸の肋骨や肉を切り裂いていたところでしょう。不意討ちさえくらわねば、それがしが斬り捨てていたところでしょう」

「どれ、どう斬られたのか晒しの上からでいい、見せてくれぬか」

「ま、見てくだされ」

高井は、顔をしかめながらも、諸肌脱ぎになり、晒しをぐるぐる巻きにした上半身を見せた。

白い晒しに赤い血の筋が滲み出している。

刀傷を見ずとも、右肩から右胸の乳のあたりにかけて、刀で撫で斬りしたのが窺える。

文史郎は一目見て、柏原仁兵衛の剣に舌を巻いた。

「なるほどのう。おぬし、よう助かったのう。相手が柏原仁兵衛でほんとうによかったのう」

「はあ？」

「分からぬか。柏原は、おぬしの骨を斬らずに肉だけを撫で斬りしている。おぬしを殺さず、不随にもせぬよう配慮をしているのだ。柏原の腕の凄さが分からぬようでは、まだまだ修行が足りぬぞ」

「……まさか」

高井は顔色を変えた。初めて気づいた様子だった。

文史郎は笑いながら、高井の頭の包帯に目をやった。

「頭も斬られたのか？」

高井は頭の包帯に手をかけ、しょげ返った。

「いや。これは……まことに武士として面目が立たない。斬られるならまだしも、髷までも切り落とされてしまうとは、なんという失態かと恥じ入っております」

侍にとって丁髷は武士の魂のようなものだ。それを切り落とされたとあっては、不名誉この上ないことだった。

高井はおずおずといった。

「相談人殿は、北村左仲とは、もうお会いになりましたか？」

「いや。これから会って事情を訊こうと思うておるが。どうしてかの？」

「おそらく、北村左仲もそれがしと同じ目に遭っているかと」

高井はいおうかいうまいか迷っている風情だった。

「おぬし、何か隠し事をしておらぬか？」

「………」

「いまのうち、正直にいったがいいぞ。いずれ、真実は明らかになる。そのとき、嘘をついていると、申し開きもできぬことになるぞ」

「はい。確かに。それがしがいわずとも、きっと正直者の北村左仲は、お話しすることになりましょう」

高井はきっと顔を引き締めていった。

「実は恥の上塗りになりますが、それがしと北村左仲の二人は、道場から出て行った柏原仁兵衛のあとを追い、先生の代わりに柏原仁兵衛を討ち果たそうとしたのです」

「やはり、そうだったか。柏原仁兵衛が襲われたと申しておったが、嘘ではなかったわけだ」

「面目ありませぬ。ただし、それがしが、一人で柏原仁兵衛と立ち合う、北村左仲には、見届け人役をしてくれと頼んだのです。ところが、まこと恥ずかしいことに、それがしは柏原仁兵衛に一太刀浴びせたところで、返り討ちにされてしまった」

「うむ」

「それを見ていた北村左仲が、今度は柏原仁兵衛に立ち合いを求め、斬りかかった。しかし、たちまち、北村左仲も返り討ちにされてしまった次第です」

「なるほど、それで柏原仁兵衛の言い分が正しいと分かった」

文史郎は得心がいった。

「相談人殿、どうか、このこと、先生や弥生殿には内密にお願いできませぬか。先生や弥生殿に知られれば、それがしは破門になりましょう。なにとぞ、この通りでござる」

高井は寝床に正座し、文史郎に平身低頭した。

文史郎は仕方があるまい、と思った。誰しも、先生を思うがゆえに、無茶をしてしまうことがある。自分も若いころ、散々恩師を困らせるような悪さをしたものだった。

それを思い出すと、冷や汗をかく。

「よかろう。内緒にしておこう」

文史郎はうなずいた。

九

高井家を辞して外に出ると、弥生と左衛門、大門が神田川沿いの茶屋の店先《たなさき》で、のんびりと待ち受けていた。

弥生が立ち上がり、文史郎を迎えた。

「いかがでしたか？　高井の具合は？」

文史郎は高井の髪の毛が髷を結えるまでに伸びるには、数ヶ月はかかるだろう、と踏んでいった。

「うむ。命には別状ないが、道場に復帰できるまでには、いささか歳月がかかるかもしれぬな」

弥生は心配顔でいった。

「そんなに……あの自信家の高井が。可哀想に。それがしが励ましましょう」

「いや。その必要はない。弥生殿が励まそうとすると、かえって高井はしょげ返るだろう。話をして分かったが、高井は、いささか慢心しておったのではないか。その自信を柏原仁兵衛に見事に挫《くじ》かれた。本人にはちょうどいい薬だ。ま、そのうち元気になって修行を重ねれば、すぐに立ち直れるだろう」

文史郎は笑いを嚙み殺しながらいった。

「そうでござるか」

弥生は文史郎の含み笑いに小首を傾げたが、何もいわなかった。

文史郎は弥生に尋ねた。

「さて、北村左仲だが、江戸藩邸詰めの家人《けにん》の息子だそうだのう」

「はい。北村家の次男坊です」

「次男坊だと部屋住みか？」

「さようでござる」

弥生はあいかわらず男言葉で答えた。

「住まいは？」

「この近くでござる」

文史郎は弥生に訊いた。

「弥生殿、そろそろ、いずこの藩か名前を教えてくれぬか。西国の大藩だけでは、よう分からぬでな」

「公言なさらぬとお誓い願えますか？」

「なにゆえ、藩名を秘すのかの？」

「藩の内紛を探る手合いがおるらしいのです」

「公儀隠密か」

「はい。藩は外様《とざま》で、幕府からは、いつも猜疑の目で見られておるそうなのです」

「なるほど」

「父は藩主のお許しを得て、江戸へ出て、道場を開くことができたこともあり、藩には恩義があります。そのため、藩に迷惑がかかるようなことはしない、と常常申しているのです」

「分かった。爺も大門も公言しないと誓うよな」

「はい。もちろん、爺は口重きこと石の如しですからな」

と左衛門はうなずいた。

「弥生殿のためなら、拙者、なんでもいたす所存」

大門も声を上げて応じた。

文史郎はいくぶん鼻白んだ。文史郎が高井真彦と会っている間に、水茶屋で大門はだいぶ弥生と話をして親しくなったらしい。

弥生は声をひそめた。

「備前《びぜん》岡山藩三十一万石でござる」

「そうか。備前岡山藩といえば藩主は池田《いけだ》だのう」

文史郎はうなずいた。

「はい。さようで」

「早速、屋敷へ案内してくれぬか」

「はい。では、早速に」

弥生は神田川に沿い、先に立って道を歩き出した。

大門が追いつき、何事かを話しかける。文史郎と左衛門は、二人の後ろからゆったりとついて歩いた。

備前岡山藩の下屋敷の門前に着くまでに、文史郎は、高井から聞いたいきさつを、そっと左衛門に話して聞かせた。

おそらく北村左仲も、高井と同様、弥生もいっしょの見舞いだと聞くと、きっと会おうとしないだろう。

弥生は門前まで出てきた北村家の家人に、道場主大瀧左近の代理であることを名乗り、相談人文史郎が北村左仲に会って襲われた経緯について事情聴取したい、と申し入れた。

家人ははじめ、北村左仲に取り次ぐのを渋っていたが、道場主の命令だと告げると、ようやく取り次いでくれた。

その代わり、やはり弥生に会うのは嫌がり、今度もまた文史郎だけが北村左仲に会うことになった。

北村左仲の部屋に案内された文史郎は、蒲団に伏せた左仲の姿に苦笑した。

北村左仲もまた、高井真彦と同様、頭に真新しい包帯をぐるぐる巻きにしていた。

北村左仲は右籠手を斬られたらしく、晒しの包帯を巻いている。

文史郎は家人が去って、誰も立ち聞きしていないのを確かめてから、北村左仲にいった。

「高井からすべて聞いた。おぬしたちが、柏原仁兵衛を追いかけ、討ち果たそうとしたが、逆に返り討ちにあったとな」

「そうでしたか。高井がすべて白状しましたか」

北村左仲はほっとした顔で起き上がった。

「それがしも、もし事情を聞かれたら、正直にすべてを申し上げようと、覚悟しておりました。己が禁を破ったのが悪いので、二人とも道場を破門されても止むを得ないと覚悟しております」

北村左仲は細面の整った面立《おもだ》ちをした青年だった。たしかに覚悟を決めた顔だった。

北村左仲の話は、ほとんど高井の話と一致した。

「おぬしの傷は、右籠手だけか？」

「いえ。右足のスネも、さらりと斬られました」

北村左仲は蒲団の上に足を投げ出して座り、右足を見せた。そこにも晒しの包帯が巻かれていた。包帯に血が滲んでいる。

「深手か？」

「いえ。信じられないことですが、骨は斬られず、筋肉を斬られ、それだけで動けなくなったのです。そして……」

北村左仲は包帯を巻いた頭を撫でた。

「丁髷を斬られたのだな？」

「武士の面目丸潰れです」

北村左仲は苦笑いした。文史郎は笑いながら、慰めた。

「柏原仁兵衛は、おぬしらの敵ではない。それがしが見るに、やつは並みの剣客もかなわぬ剣鬼だ。おぬしら、身のほども知らず、そんな剣鬼を襲ったのだ。命だけでも助かったのはめっけものだぞ」

北村左仲は神妙な顔でうなずいた。

「はい。それがしも、道場に柏原仁兵衛殿が現れたとき、顔貌が異形なだけでなく、並みの剣客ではない、と感じました。尋常な手段では討ち果たせないとも」

「それなのに、なぜ、おぬしは、あとを追って襲ったのだ？」

「それは訳があります。一つには、功名心です。それがしも高井も、藤原鉄之介や小室睦之丞、師範代の武田広之進たちに、先を越されたくなかったのです」

「先を越される？　いったい、なんのことかの？」

「弥生殿です」

北村左仲は顔を赤らめた。

「ほう。訳を聞こう。弥生殿がいかがいたした？」

「弥生殿の婿になるためには、道場で一番強い、ということを先生に認めてもらわねばならないからです」

「ほほう。大瀧左近殿が、そう申しておるのか？」

「はい。あるとき、先生がみなに笑いながら、申されました。弥生殿の婿になる男は、まず第一に道場で実力一番となり、さらに第二に、学問に通じ教養があって、跡取りとしての風格や器量を持っていること。しかも、第三に弥生殿よりも強いこと、そして、第四に、なにより弥生殿の尊敬を勝ち取ること。これら四つの条件だとおっしゃっておられたのです」

「なるほど。おもしろい婿取りの条件だのう。で、弥生殿は、そういうことを知っておるのか？」

「さあ。先生は、弥生殿には内緒だとおっしゃっておられましたから、おそらく知らないのでは、と思います」

「それで、いまのところ、誰が最も本命の候補となっているのだ？」

北村左仲は照れたようにいった。

「師範代の武田広之進。それに次いで、席次一位の藤原鉄之介、二位の小室睦之丞が追い、それがしと高井がそのあとに続くという具合でした」

「二番目の条件である、風格と器量は？」

「これは、自分たちでは決められませんが、師範代の武田広之進が自他ともに、風格があり、学問にも通じていて人物の器量もある。ついで、それがしが……」

北村左仲は頭を搔いた。文史郎は笑った。

「ほほう。で、第三の条件においては、誰が弥生殿に勝っているのだ？」

「それが、まだ誰も弥生殿を打ち負かしておりません」

「ほほう。そんなに弥生殿は強いのか？」

「はい。かろうじて師範代の武田広之進がほぼ互角といったところでしょうか」

文史郎は弥生を目に浮かべた。

弥生は見目麗しく、そんな女剣客とは思えない。不思議なものだな、女は、と文史郎は思った。

「第四の条件だが、要するに、弥生殿が尊敬する相手というのは、惚れているということに通じる。女も男も、いったん、惚れると痘痕《あばた》も笑窪《えくぼ》に見えてしまうもんだ」

「そんなものですかね」

「だから、弥生殿が誰に心を寄せているかだな。それは分かっておるのか？」

「いえ。これぱかりは弥生殿に訊いてみなければ、まったく分かりませぬ」

北村左仲は頭を振った。文史郎はうなずいた。

「そうよのう。女心と秋の風だ。変わりやすいからな。これは難しい。だが、どうだ？　恋する男なら、第六感を働かせ、弥生が密かに誰を慕っているか、おおよそ見当がつくのではないか？」

北村左仲は赤い顔をしながら考え込んだ。

「……そうですねえ。そうなると、師範代の武田広之進ではないかなあ」

「そうか。武田広之進になるか」

「はい。それに武田広之進は、藩の有力者の親戚筋にあたる要路の次男坊です。同じ要路の次男坊でも、江戸留守居役のどら息子睦之丞とは大違いだ」

北村左仲は吐き捨てるようにいった。

「その睦之丞とは？」

「江戸家老で留守居役の小室兵衛《ひょうえ》の息子で、歌舞伎役者まがいの美男子なんです。

廓《くるわ》通いの遊び人で、結構女子に持てる。親父が留守居役なので、実入りがいいらしく金を持っている。道場での稽古はあまりしないのに、いざ試合となるとなかなか強い」

「おぬし、睦之丞があまり好きではないようだな」

北村左仲はにやっと笑った。

「それがし、少々、やつをやっかんでいるのかもしれません」

「どうして？」

「弥生殿は、意外にも、そんな睦之丞を嫌ってもいないんです」

「ははは。それが女子というものだ。男と女では、相手を見る目が違う。女は、ときどき、後先を考えずに、男には訳の分からぬことを平気でやる。そういう種族だ」

文史郎は正室の萩《はぎ》の方《かた》や、萩の方に追い出された側女《そばめ》の由美《ゆみ》や如月《きさらぎ》を思い浮かべた。

それぞれに魅力的な女たちだが、いつも文史郎は彼女たちの気紛れに振り回されたものだった。

「睦之丞は別として、本命が師範代とすれば、次に候補となるのは、やはり藤原鉄之介になりましょうな」

「ほう。藤原鉄之介は、どんな男だ？」

「鉄之介は学問が出来る上に腕も達《た》つ。道場では師範代に次ぐ実力があり、それがしも尊敬している友なのですが、性格が少々……」

「なんだというのだ?」

「ひねくれていて悪いのです」

「どうしてかのう?」

「お目見え以下の御家人の子で、貧乏長屋に住んでいる。だから、裕福な睦之丞や、部屋住みの広之進、真彦など上士たちと反《そ》りが合わない。弥生殿は、そんな鉄之介に同情しているようなのですが、鉄之介は同情なんかいらぬと頑固なんです」

「うむ。女子というのは、ともすると、同情から恋情になるものだ」

「でしょう? だから、睦之丞なんか、やたら鉄之介に辛くあたっていた」

「なるほど。その鉄之介も斬られたというが、おぬしらといっしょに柏原仁兵衛を討とうとしたわけではなかったのか?」

「いえ。あいつは、それがしたちが誘ったのに、乗ってこなかった。やるなら自分一人でやるといって」

「それでは、鉄之介は一人で柏原仁兵衛に立ち向かったのかのう?」

「いえ。鉄之介は道場からの帰り道に、柏原仁兵衛に待ち伏せされて、襲われたらしいのです」

「ほう？　柏原仁兵衛が待ち伏せたというのか？」

「はい。そう聞いています」

「ほほう」

文史郎は訝《いぶか》った。柏原仁兵衛は、襲われたとはいっていたが、待ち伏せしたとはいっていなかった。柏原はやはり嘘をかたっているのか？

「確か、広之進も待ち伏せされたが、掘割に落ちたので助かったと聞いてますが、鉄之介の場合は、かなりの深手を負ったらしい」

「重傷だというのか？」

文史郎は首を傾げた。

北村左仲と高井真彦には手加減して深手を負わせなかった柏原仁兵衛が、なぜ、藤原鉄之介と師範代の武田広之進に対しては、手加減せずに襲いかかったというのだろうか？

北村左仲はうなだれたままいった。

「こうなると無傷で残っているのは、小室睦之丞ただ一人。悔しいが、睦之丞が弥生殿の婿になるかもしれません」

「ほう。どうして、そんなことになるのだ？」

「これは内緒ですが、大瀧先生は胸を患い、かなり重いご病気らしいのです。医者の話ではもう長くないのでは、と」

文史郎は怪訝な顔をした。

弥生の話では、まだ大瀧左近の病気については秘密になっており、道場の門弟たちは誰も知らないはずだった。

「ほう。誰から聞いたのか？」

「……睦之丞からです」

「どうして睦之丞が知っているのかのう」

「やつは江戸家老の息子です。医者は藩邸お抱えの蘭医ですから、そのことについてきっと留守居役に報告するはず。睦之丞は、きっと親父から聞いたのではないかと思います」

「なるほど。先生が病気だと、どうなるというのか？」

「先生は亡くなる前に跡継ぎを決めておきたいとおっしゃっている。それで、まもなく道場で目録や皆伝の検定試合を行なおうとなさっていた。その試合で、弥生殿の婿を決めようとされているのではないか、と」

北村左仲は悲しそうに顔を伏せた。

「つまり、その試合に、おぬしも高井も出られぬわけだな」

「はい。しかも、鉄之介も広之進も、重傷を負ったが、それがしたちのように丁髷は切られなかった。二人は試合に出られぬにせよ、武士の面目が立つからまだしも、それがしたちは、試合にも出られず、また弥生殿に会わす顔もない。いっそのこと、柏原仁兵衛がそれがしたちを斬り捨ててくれればよかったのです」

北村左仲は首を垂れ、溜め息をついた。

十

「くれぐれも、よろしうお願いいたします」

北村左仲は深々と包帯を巻いた頭を下げた。

文史郎は北村の家人に送られて、藩邸を出ると、弥生たちが待っている近くの茶屋へ戻った。

弥生が店に入る文史郎に気づいて、どうでしたか、と訊いた。

「うむ。北村左仲も柏原仁兵衛に負けたことを口惜しがっておった」

「そうでございましたか」

弥生はうなずいた。

左衛門が店の仲居に茶の追加を頼んだ。

「はーい」

仲居の元気のいい返事が聞こえた。

大門は甘味の大福を食べながら茶を啜っている。

文史郎は北村左仲の様子を話した。

「北村左仲は道場の名を汚したということを反省し、高井ともども、恥じて頭を丸めて出直すつもりと申しておった」

北村左仲に高井ともども、柏原仁兵衛に負けたことを口実にして、いっそのこと坊主頭になったらどうか、と勧めたのは文史郎だった。

先生に禁を破ったことを告白し、その責任を取って頭を丸めてお詫びすれば、破門は免れるかもしれない。さらに髷が結え揃うのを待つことなく、道場へ出て稽古することもできるし、弥生にも会える。

「北村左仲は、そんなことをいっていましたか。いくらなんでも、坊主頭などにならなくてもいいのに」

事情を知らぬ弥生は哀しげな顔になり、二人に同情した。

若い仲居がいそいそと盆に載せた茶と大福を運んで来た。

「お待ちどうさま」

大門は大福を摘まみ上げ、文史郎の顔をちらりと見た。

「殿は、食されるか？」

「いい。北村左仲のところで、和菓子を食した」

「では、ごめん」

甘党でもある大門は髭面を崩し、大福に食らいついた。

文史郎は店の長椅子に座り、出された茶を啜った。

「ところで、北村左仲に聞いたが、どうやら師範代の武田広之進と、四天王の一人藤原鉄之介の場合は、二人とも闇討ちに遭い、負傷したと聞いたが」

「はい。二人とも柏原仁兵衛に待ち伏せされたと申していました」

文史郎は訝った。

「ううむ。変だな。柏原仁兵衛は、襲われたのは自分の方だ、降りかかった火の粉を払っただけだ、と申しておったが。のう、爺？」

「さようでございましたな」

左衛門も思案気にうなずいた。

大門が横から口を挟んだ。

「なあに、その柏原仁兵衛のおっさんが、適当な嘘をついていたのではないのか?」

「そうとは思えなんだが。ともあれ、師範代の武田広之進と、鉄之介に会って話をしてみよう」

大門は髭の周りについた大福の白い粉を手で払い落としながらいった。

「殿、だけど、大丈夫かのう。師範代と四天王のうち三人までもがやられてしまったというではないか。師範代や四天王と呼ばれる高弟たちが、そのざまではのう。困ったもんじゃのう。ところで、弥生殿、残る四天王の一人は?」

「小室睦之丞にございます」

弥生が答えた。大門は訝った。

「その小室睦之丞が襲われるということはないか?」

文史郎はうなずき、弥生に向いた。

「もし、柏原仁兵衛がその気になったら、その小室睦之丞も襲われるかもしれんな」

「……」

「ほかに道場には、四天王に匹敵するような実力伯仲している高弟はおらぬのか?」

「……いまは、おりません。道場には将来見込みのある若者はたくさんいるのですが、まだまだ四天王に追いつき、追い抜くような門弟は現れておりません」

弥生はうなずき、顔を伏せた。

大門がいった。

「殿、どうだろう。それがしたちは殿にぞろぞろとついて回り、こうして待っているよりも、別行動を取っては。たとえば、柏原仁兵衛を見張るとか、小室睦之丞の身辺を守るとかするのは？」

「そうですよ、殿。それがしたちも、こうして水茶屋で茶を啜って待っているよりも、何かしたい」

左衛門も大門に同調していった。

「そうだのう。では、こうするか。それがしは、これから師範代に会って事情を訊こう。爺は藤原鉄之介と会って、襲われたときの事情を訊いてくれ」

「拙者は？」

大門が身を乗り出した。

「おぬしは、万が一を考えて、小室睦之丞の身辺を守ってもらおうか」

「しかし、それがし、小室睦之丞を知らぬが、弥生殿に紹介してもらわねばのう」

「はい。いっしょに行って、ご紹介いたします」

弥生がうなずいた。大門はにやけた顔になった。

左衛門は大門に釘を刺すようにいった。

「大門殿、おぬしが弥生殿を独り占めしてはいかんぞ。爺も、まるっきり藤原鉄之介は知らぬので、弥生殿に紹介してもらわぬといかんのでな」

「もちろんです。左衛門様にごいっしょして、藤原鉄之介を紹介いたします」

弥生は笑いながらいった。文史郎も弥生に向いた。

「それがしも、師範代の武田広之進は面識がない。弥生殿の紹介がなくてはな」

「分かりました。これからみなさんを順番に案内して、紹介して参りましょう」

弥生はうなずいた。左衛門がいった。

「では、殿から」

「さようか。では、参ろうか」

文史郎は弥生を促しながら立ち上がった。

十一

師範代の武田広之進の住まいは、備前岡山藩の下屋敷の中にある普請組屋敷の一角にあった。

屋敷の門をくぐると、いくつもの簡素な門構えの木戸門が並んでいる。木戸門の後ろに古い二階建ての家屋が外郭を背にして軒を並べていた。

木戸門をくぐると猫の額のように狭い庭があり、つましい菜園が作られていた。

弥生は四軒目の木戸門をくぐって、玄関先で訪いを告げた。

玄関先に姿を現したのは、武田広之進本人だった。広之進は左腕を古布の三角巾で吊るしていた。

「弥生殿でござったか。師範代ともあろう者が、こんな体《てい》たらく面目ござらぬ。たとえ酩酊しておったにせよ、斬られるとは、まだまだ未熟者。先生には、深くお詫び申し上げてくださりたく……」

広之進は上がり框の床板に正座し、頭を垂れた。

「広之進殿、何を申されます。よくぞ生きていてくださった。ゆっくり養生し、師範代として道場へ復帰なさってください。それがしをはじめ、みな待っていますよ」

「ありがたきお言葉、痛み入ります」

広之進は右手をついて、弥生に頭を下げた。

弥生は広之進の手を上げていった。

「そのように恐縮なさらず、頭を上げてください。本日参ったのは、お見舞いもありますが、お聞きしたいことがあってのこと」

弥生は簡単にこれまでのいきさつを話し、文史郎を紹介した。

「そのため相談人に依頼し、父上と柏原仁兵衛の立ち合いをなんとか、止めてもらおうとしているのです。相談人の文史郎様は広之進殿が襲われた事情について知りたいと、こうしておいでになられたのです。よろしく協力をしてあげてください。これから、それがしはほかの相談人たちをお連れして、藤原鉄之介や小室睦之丞を訪ねばなりません。お願いいたします」

「はッ。畏まりました」

広之進は恐縮して頭を下げた。

「では、相談人殿、また後ほどに」

弥生は文史郎に一礼して、大門と左衛門のところへ戻って行った。

「さ、相談人殿、狭くてむさいところですが、ぜひにお上がりください」

広之進は文史郎を促した。

「嘘偽りありません。それがしは、先生の言いつけ通り、柏原仁兵衛とは立ち合いをするつもりもなく、まして、襲うなどという禁を破ることはしておりません。天地神明に誓って申し上げますが、それがしは待ち伏せを受け、闇討ちされかけました。それがしの方から仕掛けたことではありません」

「誰か、下男か中間は、いっしょにいなかったのか？」

通常、武家は外出する場合、必ず小者か中間を供として連れ歩くのが決まりだった。

「……それがし一人でござった」

広之進は表が毛羽立ち、汚れで黒ずんでいる古畳に目を落とした。

十俵二人扶持の貧乏旗本の生活では、下男や中間、小者を抱えるのは容易ではない。たとえ、師範代としての給与が多少道場から出ていても、それほど多いはずはない。

文史郎は広之進の心中を察し、それ以上は訊かずに話の矛先を変えた。

「襲ってきた相手は確かに柏原仁兵衛であったか？」

「はい。まず間違いなく柏原仁兵衛だったと思います」

「どうして柏原仁兵衛だと分かった？」

「月明りでしたが、総髪で髪を後ろでまとめて髷を結んでいるところは同じだし、着流しで、背格好も似ていました」

「顔は見たのか？」

「暗かったので、顔ははっきりとは見ていません」

「おぬし、道場を訪ねた柏原仁兵衛に会ったのであろう？」

「はい。道場主により我が道場は他流試合が厳禁されておりますので、お引き取り願いたい、と申し上げたとき、柏原仁兵衛と面と向かって話をしております」

「では、柏原の顔を見て、はっきり覚えているな？」

「はい。しっかりと目に焼き付いております。眉間に木刀で打たれた痕も見ました。襲って来た男の顔こそ見ていませんが、声は柏原だと思いました」

「確かかな。柏原仁兵衛に会ったが、本人は襲われたから火の粉を払ったまで、自分から誰かを襲ったことはない、といっておったが」

「相談人殿は、それがしと柏原仁兵衛の話のどちらの言を信じるというのですか？」

広之進は少し気色《けしき》ばんだ。文史郎はうなずいた。

「おぬしを信じないというわけではない。おぬしのいう通り、柏原仁兵衛だとしたら、柏原が嘘をついていることになる」

「そうです。柏原が嘘をついているのです」

文史郎はそれ以上詮索せず、話題を変えた。

「ところで、相手は何か申したか？」

「『おぬし、武田広之進か』と」

「ほう。柏原仁兵衛はおぬしの名前を知っておったというのか？」

広之進は怪訝な顔付きになった。

「……それが妙な話なのです。それがしは柏原に名乗った覚えはないのです。柏原が訪ねて来たとき、それがし、師範代だとは名乗りましたが、名前は名乗っておりません」

「……では、なぜ、おぬしの名前を知っていたのかのう？」

「それにもう一言。秘太刀、見せてみよ、と」

「秘太刀を見せよ、とか？」

「それがし、先生から、秘太刀など伝授されておりません。秘太刀があるという話も聞いていません」

広之進は首を捻った。

文史郎は腕組みをし、考え込んだ。

十二

太陽は西に傾き、陽射しは家々の影を通りに伸ばしている。

文史郎が長屋に戻ると、一足早く左衛門が戻っていた。

「おう。爺、戻っておったか」

「殿、お帰りなさいませ。ただいま隣のお留《とめ》さんから火を貰いましたんで、すぐに茶を用意します」

左衛門は鉄瓶をかけた七輪を団扇《うちわ》で扇ぎ、炭火を強めた。

文史郎は畳に上がり、腰の大小を抜いて刀掛けに架けた。

「で、どうであった？　鉄之介の具合は？」

「はい。鉄之介の住む御家人の組屋敷へ参りました。お目見え以下の御家人とはいえ、ひどい貧乏暮らしで、家も古く粗末なもので、ま、ここよりはましという程度でしょうか」

「うむ」

「鉄之介は奥の部屋に伏せっていました。といっても二間しかないので、玄関から入るとすぐに奥まで見えてしまいますが」

「怪我の具合はひどいのか？」

「はい。左脇腹から胸に斬り上げられていました。よくぞ命が助かったという重い傷でした」

「襲われたのか？」

「本人の話では、道場の帰りに、いつものように近くの稲荷神社にお参りし、さて帰ろうとしたところ、柏原仁兵衛が立っていたそうです」

左衛門は手振りを入れて話し出した。

柏原仁兵衛は両手を拡げて鉄之介の前に立ち塞がっていった。

「おぬし、藤原鉄之介か？」

「しかり。おぬしは、柏原仁兵衛だな」

「どうだ？　それがしと立ち合ってみぬか？」

「先生から他流試合は禁じられておりますゆえ、お断り申す」

「笑止。大瀧師範も臆病者なら、その弟子も臆病者だな。揃いも揃って、腰抜け揃いだ」

柏原仁兵衛は冷ややかに笑った。

「なんとおっしゃる。それがしを侮蔑するだけならまだしも、先生を臆病者呼ばわりするのは許せぬ。直ちに取り消せ。さもないと」

鉄之介は刀の柄に手をかけた。

そうはいったものの、鉄之介は本気ではなかった。柏原仁兵衛は冷静だった。

「さもないと、どうするというのだ？」

「刀にかけても、前言を取り消していただく」

鉄之介は、そういいながら、だんだんと抜き差しならぬ深みに入っていくのを覚えた。このままいったら、相手の挑発に乗り、立ち合うことになるかもしれない。

「ほほう。おぬしは、腰抜けの師匠よりは、少しは骨がありそうだな。前言を取り消さぬといったら？」

「おのれ。取り消せ」

鉄之介は行きがかり上、刀を抜かざるを得なくなってしまった。

「よかろう。拙者と真剣で立ち合って、おぬしが勝てば、取り消してもいい」

鉄之介はすらりと刀を抜いた。ちょうど、境内には、お稲荷様にお参りに来ていた町人たちが何人もいて、時ならぬ争いに息を詰めて見物していた。

「大瀧道場の四天王一番槍の鉄之介様だ」という囁きも聞こえる。町人たちの手前、引っ込みがつかなくなった鉄之介は履いていた下駄を脱ぎ捨て、飛び退いて間合いを取り、刀を抜いた。正眼に構えた。

「そう来なくてはな。さすが大瀧が見込んだ弟子だな」

柏原仁兵衛はにんまりと笑みを浮かべた。

「秘太刀、見せよ」

柏原も、ゆっくりと大刀を抜き、鉄之介と相正眼に構えた。

秘太刀だと？

鉄之介は何のことか分からなかった。

二人はしばらく見合った後、柏原はおもむろに左八相に構え直した。

その隙を突いて、鉄之介は一挙に間合いを詰め、柏原に斬り込んだ。

一太刀、二太刀、斬り結んだと思うと、鉄之介は思いきり刀を刎ね上げられた。そこまでは覚えているが、そこから鉄之介の記憶はなくなっていた。

「というわけなのです。鉄之介は柏原仁兵衛の挑発に乗せられ、ついに道場の禁を破ってしまった。このまま、先生に知られたら、破門は間違いない、どうしたらいいのか、と悔やんでおりましたな」

文史郎は腕組みを解き、出されたお茶を飲んだ。

「確かに柏原仁兵衛と申しておったか？」

「確かに。鉄之介は、柏原仁兵衛の額に、木刀を打ち込まれたらしい痕跡があるのに気づいたそうですから」

「そうか。で、柏原仁兵衛は秘太刀を見せよと申したのだな？」

「はい」

「立ち合いの具合は？」

左衛門は首を捻った。

「一瞬で決まった様子です。鉄之介は気がついたら、町人たちに助けられ、近くの番所に運び込まれていたそうですから」

「一瞬だと？　どこまで覚えているのか？」

「柏原が左八相に構え直そうというところで、鉄之介は打ち込んだ。それを柏原はふわりと鎬で受け流し、ついで互いに軀を入れ替えた」

左衛門は身振り手振りを加えていった。

「柏原の刀が下段に下がったところまでは覚えているそうです。そこから、ふっと柏原の刀が舞い上がり、左脇腹から胸元に斬り上げられていたというのです。それも受ける余裕もなく、素早い太刀捌きだったと申しておりましたな」

「ううむ」

文史郎は腕組みをして考え込んだ。

そうか、柏原仁兵衛は自分の方からは門弟たちを襲わぬといっていたが、やはり嘘をついていたのだ。

「爺、柏原は、今度も鉄之介の名前をちゃんと知っておったというのだな」

「さようで」

左衛門も熱い茶を啜っている。

もしかして、道場の門弟の中に、柏原仁兵衛に内通している者がいるのに違いない。そうでなければ、藤原鉄之介や武田広之進の名前を柏原仁兵衛が知るはずがない。

そして、柏原が秘太刀を見せよといっているのは、藤原鉄之介か武田広之進に大瀧一刀流の秘太刀が授けられていると思ったからなのだろう。

長屋の細小路に下駄の音が響いた。

油障子戸ががらりと引き開けられ、大門甚兵衛の髭面が覗いた。

「殿、お早いお帰りですな」

「おう。お帰り」

「お帰りなさい。大門殿、淹《い》れ立てのお茶がありますぞ」

左衛門は笑顔で大門を迎えた。

「媛《ひめ》は？」

「媛？　ああ、弥生様ですね。弥生様は道場へお戻りです」

「え、なんだ。もう道場にお帰りでしたか」

「弥生様は門弟に稽古をつけねばならないそうで。なにしろ、師範代がお休みで、四天王のうち三人も出られず、道場は稽古をつける人がいなくなっているのですから」

左衛門がいった。大門は上がり框に腰を下ろした。左衛門が差し出した湯飲みのお茶をがぶがぶと飲み干した。

「ああ、喉が乾いた。左衛門殿、済まぬ。もう一杯所望してもようござるか」

「はいはい。どうぞ」

左衛門は急須の茶を大門の手元の湯飲みに注いだ。

「ところで、大門、小室睦之丞とは話をしたのか？」

「もちろんです。しかし、小室睦之丞は、『心配無用、拙者は、高井真彦、北村左仲、藤原鉄之介とは違う、柏原仁兵衛がごときに負けるつもりはない』と豪語しておりましたな」

「師範代の武田広之進でさえ、やられたというのに、よく、そのようなことをいっておるな」

「師範代の広之進は、小室が子供のころからの幼馴染みで、実は同輩。武田広之進の実力は大したものではなく、自分の方が実際は上、と嘯《うそぶ》いておりました。本当に傲慢な男でしたな」

大門が珍しく人の悪口をいった。

「ほう。そんなに傲慢だったか？」

「親父が留守居役でもある江戸家老であることを鼻にかけて、素浪人のそれがしを見下げておりました。今度は親父の威光なのでしょう、近々、お小姓組に召し上げられることになった、と威張っておりましたな」

「では、護衛は？」

「いらぬと、あっさり断わられました。もっとも、いまとなっては、たとえ頼まれても、引き受けるつもりはありませぬが」

「それは、よほどの自信があってのことだのう」

文史郎は腕組みをし、宙を睨んだ。

「小室睦之丞は、いま、どこにおる？」

「上屋敷の小室家でしょう。やつも、これから道場へ稽古に出かけるといってましたな」

「よし。爺、出かけるぞ。小室睦之丞は、四天王の最後に残った一人だ。きっと柏原仁兵衛は、大瀧左近が果たし合いに出ざるを得ないように、睦之丞を狙うに違いない。だから、密かに睦之丞の身辺に張り込み、遠くからでも、やつを護衛する」

大門が不満そうにいった。

「殿、あんな嫌なやつを守ろうというのですか?」

「大門、仕事に私情を挟んではいかん。柏原仁兵衛が小室睦之丞を襲う現場に乗り込み、柏原仁兵衛を止めねばならん。なんとしても柏原仁兵衛を説き伏せて、大瀧左近との立ち合いをあきらめさせる」

話しながら、文史郎は刀掛けから大小を外して、帯に挟み込んだ。左衛門は、すでに支度を済ませていた。

「しかし、そう上手くいきますかな」

大門はぶつぶつ文句をいいながらも、腰を上げた。

文史郎は土間に降り、草履に足を入れた。

十三

あたりは黄昏《たそがれ》はじめていた。

夕餉の煙が近くの長屋から通りに漂い、道場の前の通りにも棚引いている。

稽古を終えた門弟たちが、ぞろぞろと群れをなして、道場の玄関先から出てくる。

文史郎は大門といっしょに掘割を挟んだ向かい側の民家の板塀の陰から、道場の玄関先を窺った。

小室睦之丞が道場に居ることは、大門が武者窓から覗いて確かめてある。睦之丞は弥生とともに、門弟たちに稽古をつけている様子だった。

左衛門は掘割が神田川に合流するところに架かった橋の袂で、道場から出てくる門弟たちを眺めていた。

ひとしきり門弟たちが道場から吐き出されたあと、しばらく誰も出てこなくなった。

「大門、小室睦之丞はまだ姿を現しておらんだろうな」

「殿、大丈夫。それがし、出てくる小室睦之丞を見逃すような間抜け者にあらず」

大門は胸をどんと叩いた。

「噂をすれば影でござるぞ」

大門は物陰から道場の玄関先を窺い、目で指した。

道場の玄関から、三人の若侍たちが現れた。そのうちの一人は、いかにも大身と思われる上等な羽織袴姿だった。

ほかの二人は供侍らしく、黒ちりめんの羽織に袴を穿いているが、袴の股立をとって動き易いようにしている。

「あの上等な羽織袴姿のにやけた男が小室睦之丞だ」

大門がささやいた。

小室睦之丞は、傍目から見ても美男だった。むさくるしい大門とは対照的な優男だ。整った顔立ち、つるりと白い肌の顔。目許涼しく、いかにも女に持てる上品な雰囲気を身に付けている。

小室睦之丞は供の二人に何事かをいい、一人だけになって、掘割に沿った道を歩き出した。二人の供は、睦之丞に頭を下げ、見送った。その後、二人は睦之丞とは反対の方角へ歩き出した。

左衛門が立ち上がり、それとなく、小室睦之丞を尾行しはじめた。

文史郎はあたりに目を配った。所々に柏原仁兵衛が隠れてはいないか、と窺った。

睦之丞は何も警戒する様子もなく、対岸の通りを進んで行く。

——睦之丞は、いったい、どこへ行くつもりなのか？

文史郎は懸念した。睦之丞が進んで行く方角には、柏原仁兵衛が寄宿している大泉寺がある。

わざわざ柏原が居る近くを通って行くことはない。もっとも睦之丞が柏原の居場所を知らないだろうから、仕方ないことだが。

左衛門が一定の距離をおいて、睦之丞を尾《っ》けて行く。

睦之丞はやがて橋を渡って、こちら側の岸に移った。その先、一、二丁も行けば、大泉寺になる。

睦之丞の姿が屋敷の築地塀の陰に隠れて見えなくなった。左衛門からは見えるらしく、あいかわらず距離を詰めずに歩いていく。

文史郎は大門を促し、掘割沿いの道を歩き出した。左衛門の様子を見ていれば、睦之丞の姿が見えなくても、尾行はできる。

左衛門は橋を渡り、こちら側の岸へ移った。やがて、左衛門も築地塀に隠れ見えなくなった。

「急げ」

文史郎と大門は、左衛門が隠れた築地塀の角に急いだ。

通りを覗くと、左衛門が振り向き、文史郎たちに早く来いと合図していた。通りすがりの行商人や町人が不思議そうな顔をして左衛門や文史郎たちを見ながら歩いてくる。

左衛門は大泉寺の寺門に隠れて待っていた。

「睦之丞は?」

「しッ」

左衛門は口に人差指を立て、境内を指差した。門の中を覗くと、大泉寺の境内をぶらぶらと歩いていく睦之丞の後ろ姿があった。

睦之丞は、時折、寺門の方を振り返り、誰もいないのを確かめている。

——まさか。

文史郎は思わず呟いた。

睦之丞は柏原仁兵衛をわざわざ訪ねて来たというのか。

ということは……。

左衛門が文史郎の袖を引いた。文史郎は慌てて寺門の柱の陰に身を隠した。大門も急いで身を小さくする。

「こんなときにと思いましてね」

左衛門は懐から小さな手鏡を出し、屈み込んだ。柱の根元から、そっと手鏡を出し、境内の様子を映した。

本堂の前に立った睦之丞の姿が見えた。縁側に現れたのは、柏原仁兵衛だった。

柏原は縁側から下に降りた。

二人は旧知の仲らしく、挨拶もせず、何事かを話し合っている。そのうち、睦之丞は懐から、紫色の布に包んだ物を取り出し、柏原仁兵衛に捧げた。

柏原はあたりに目を配り、素早く布包みを受け取ると、はらりと布を払った。遠目にも、切り餅と分かる物が二個、紫色の布包みから現れた。

切り餅は一両小判を二十五枚重ね、ぴっしりと和紙で包んだものだ。しめて二十五両。二個で五十両の大金だ。

柏原は無造作に切り餅を懐に捩じ込んだ。

睦之丞は、それで用事が済んだらしい。柏原に一礼すると、踵を返し、柏原に背を向け、なんの警戒心もなく、こちらへ歩き出した。

柏原仁兵衛も何事もなかったかのように、本堂の縁側に上がり、板戸を開けて、本堂の中に姿を消した。

「まずい。隠れろ」

文史郎は大門と左衛門にいい、寺門から離れた。急ぎ足で向かい側の路地に走り込んだ。左衛門と大門も駆け込んだ。

息を潜めていると、目の前の通りを、睦之丞がさばさばした表情で通りすぎるのが見えた。

「爺、あれは何だったのだろう？」

「謝礼ではありませぬか？」

左衛門がいった。大門も相槌を打った。

「それがしも、そう思う。一人やれば切り餅一個。高弟の鉄之介と師範代の武田広之進の二人をやったのだから、切り餅二つ」

文史郎は顎を撫でた。

「では、弥生を得ようと、競争相手の師範代や門弟を引き摺り下ろすために、睦之丞は柏原仁兵衛を利用したということかのう」

「おそらく」

左衛門はうなずいた。

なるほど、と文史郎は思った。

それなら、柏原仁兵衛が師範代の武田広之進や鉄之介の名前を知っていて不思議はない。おそらく、睦之丞が競争相手の名を柏原に教え、始末するように依頼したのに違いない。

文史郎は大門、左衛門といっしょに、通りを道場の方角に歩いていく睦之丞の後ろ姿を見送った。

「爺、いま見たこと、弥生殿や大瀧左近殿に伝えねばならんな」

「はい」左衛門はうなずいた。

大門が義憤に駆られた様子でいった。

「殿、睦之丞を取っ捕まえて、締め上げ、白状させたら、手っ取り早い。いかがでしょうか？」

「いまは、まだ早い。やるべき時が来たら、そうしよう。それまでは、口外無用だ」

文史郎は大門と左衛門に念を押した。

十四

道場は人気《ひとけ》なく静まり、黄昏の暗がりがあたりを覆いはじめていた。

控えの間には、文史郎たち三人と弥生が座っていた。蠟燭の炎が揺らめいた。

「そうでございましたか。睦之丞様が」

弥生は悲しそうに俯き、唇を嚙んだ。

文史郎はあらためていった。

「……とは申せ、それがしたちは睦之丞が柏原仁兵衛に金を渡しているのを見ただけで、その金が何のためのものか、本人に直接に問い質したわけではない。あくまで推測だ。睦之丞が柏原に金を出して、師範代の武田広之進や藤原鉄之介を襲わせたという証拠ではない。柏原仁兵衛か、本人に確かめてみなければ、本当のところは分からない」

「でも、睦之丞様なら、そうするかもしれない理由があります」

弥生は顔を伏せた。

「ほう。どのようなことかな？」

「……睦之丞様は、父に私を嫁にほしい、と申し込んだことがあるのです。……」

「ふむ。それで？」

文史郎は弥生に話を促した。

「父は、その申し出をお断りしました」

「ほう。なぜ？」

「一つには、父は大瀧家を継ぐ婿養子がほしかったのです。二つには、私の気持ちもありました」

「おぬしの気持ちは？」

「私は、どうしても睦之丞様の妻になりとうなかったのです」

　大門が膝を進めた。

「そうだろうな。あの坊ちゃん野郎は、弥生殿にふさわしくないものな。よかったよかった」

「それで？」

　文史郎は大門を押さえていった。

「父がお断りした、三つ目の理由は、睦之丞様のお父様である江戸家老の小室睦衛門《むつえもん》殿は、父を指南役から引き摺り下ろそうとした筆頭家老派の一人で、父はいまもって許せないと思っていたのです。いまさら、そのような人と親戚付き合いをしたくなかったのです」

「なるほどのう」

「もちろん、父は睦之丞様のお父様との間のことについては、一言も申しませんでした。ただ跡取りとして婿養子がほしいこと、それに私の気持ちを睦之丞様に伝えて、お断りしたのです」

「で、睦之丞は、どうしたかな」

「どうしても、あきらめきれないとおっしゃっていました。でも、睦之丞様は小室家の長男で跡取りです。ですから、大瀧家へ婿養子として入るわけにはいかなかった。それに……」

「それに？」

「……私がお断りする口実に、ほかにお慕いしているお人がいると申し上げていたのです」

「そうか。ほかに好きな男子がおっては、断るのも仕方あるまいな」

「……いえ、実はそのときは、そのような人はおりませなんだ」

弥生はちらりと文史郎を見やったが、また顔を伏せた。弥生はうなじまで赤くなりながらいった。

「なるほど。そのときはいなかったのだな？」

では、いまはいる、ということなのか。

文史郎は微笑みながらいった。

「はい。私、いや、それがし、稽古に夢中で、恥ずかしながら、男子のことなど気にする暇はなかったのです」

「嘘をついたというのか」

「はい。でも、睦之丞様は本気になさり、それがしが慕っている者は、いったい誰かを詮索してらした」

「なるほど。それで睦之丞は嫉妬のあまり、おぬしが慕っている男子は、師範代の武田広之進か、四天王の藤原鉄之介、高井真彦、北村左仲たちのうちのいずれか、と勘繰った?」

「はい。私が申し上げるのは、なんですが、睦之丞様は、私を彼らの誰にも渡したくないとおっしゃっておりました」

　大門が口を挟んだ。

「そうか。それで柏原仁兵衛が現れたのを幸い、彼を金で籠絡し、四人を襲わせたというわけだ」

「そうだとしたら……申し訳なくて」

　大門は慰めるようにいった。

「なに、弥生殿が悪いわけではない。勝手に横恋慕している睦之丞が悪いのだから、弥生殿は気にする必要はないぞ」

「大門、もちろん、弥生殿が悪いわけではないが、睦之丞が嫉妬に駆られて、金でもって柏原仁兵衛に武田広之進たちを襲わせたと決まったわけではないぞ」

文史郎が大門をたしなめた。左衛門も呆れていった。

「また大門殿の早とちりが始まった」

大門は憤然と言い返した。

「殿、そうに決まってますよ。それがしが見るに、睦之丞というやつは、そういうことをするけしからん男だ」

「分かった分かった。大門、そう興奮するな」

文史郎はうなだれている弥生に向いた。

「ところで、お父上は、どうされておるかのう？　病の具合は？」

「はい。熱が出て奥に伏せっております」

「そうか。どうだろう、一度、お父上にお目にかかり、事情をお話して、立ち合いをおやめいただくよう、それがしが説得してもよいが。こうなったら柏原仁兵衛を説得するよりも、手っ取り早いように思うが」

「はい。では、父の様子を見て参ります。しばし、お待ちくだされ」

弥生は文史郎に頭を下げ、袴の裾を摘まんで立ち上がった。そのまま摺り足で後退りし、静かに部屋を出て行った。

文史郎は腕組みをし、考え込んだ。

何か心にひっかかることがある。だが、それがなんなのか、まだ文史郎には分からなかった。

「殿、いかがいたすおつもりですか？」

左衛門が文史郎に囁いた。

「ともあれ、大瀧左近殿に会って話してみてのことだ。話しているうちに、何かいい考えが浮かぶであろう」

文史郎は頭を振りながらいった。

十五

文史郎は弥生の案内で、暗い廊下を進んで、奥の部屋へ入った。

床に伏せっていた大瀧左近は、看病している奥方の手を借り、ようやく蒲団の上に起き上がった。

大瀧左近はまだ四十代半ばの歳のはずなのに、頭髪には白髪が混じり、顔には皺が多く、老成した剣客の風貌だった。

だが、手足は痩せ細り、顔色も青ざめていて、弱々しい体付きをしていた。

「これはこれは、相談人殿、まことに申し訳ない。拙者としたことが、このくらいの病で伏してしまって、恥ずかしい」

「どうぞ、躯を横になさって楽にされよ。無理をなさっては、躯に障《さわ》ります」

文史郎は大瀧左近の蒲団の前に座った。

「いや。しかし、それでは、それがしの武士の面目が立たぬ」

「そう硬いことをおっしゃらずに、まずは病を治すことです。それには無理は禁物」

「そうですよ。あなた、無理をなさっては、治る病も治りませんよ」

奥方が大瀧左近の肩に裲襠《うちかけ》を掛けた。奥方は弥生によく似た美貌の女性だった。

「この度は、娘が相談人のみなさまに、ご迷惑をおかけしておりますようで」

奥方は座り直し、三つ指をついて、文史郎たちに深々とお辞儀をしながら礼をいった。

「まことに申し訳ございませぬ」

「いや、これがそれがしたちの仕事。どうぞ、お気になさらぬように」

文史郎は奥方にいった。大門も左衛門も恐縮して頭を下げた。

「大瀧殿、率直に申し上げましょう」

文史郎は単刀直入に切り出した。

「この度の柏原仁兵衛の果たし状に、大瀧左近殿は応じようとなさっておられるようですが、おやめいただけますまいか」

「…………」

「いまのそのお軀では、率直に申し上げて、あの剣鬼柏原仁兵衛と立ち合っても、おそらく勝つことができるとは思われません」

「……しかし、師範代の武田広之進が斬られ、愛弟子の藤原鉄之介も斬られ、高井真彦、北村左仲までもやられたとあっては、もはや、拙者の忍耐もこれまで。この病身に鞭打ってでも、柏原仁兵衛と立ち合い、討ち果たす決意でござる。たとえ、死ぬにせよ、柏原仁兵衛と差し違えることができれば本望でござる。どうか、それがしの武士の面目を立てるため、お引き留めなさらぬようお願いいたす」

大瀧左近は、そう一気に話すと、突然激しく咳き込み、蒲団に倒れ込んだ。奥方と弥生が両脇から大瀧左近の背中をさすっていた。

文史郎は腕組みをし、左衛門と顔を見合わせた。

大瀧左近の咳がようやく止《や》んだところで、文史郎はまた口を開いた。

「大瀧左近殿、しかし、この立ち合いには、何か裏がありそうに思えてならないのだが」

文史郎は、睦之丞が柏原仁兵衛にお金を渡しているのを目撃したことを告げ、自分たちの推測を話した。

「…………」

黙って聞いていた大瀧左近は、呻くように何事かを呟いた。

「なんと申された？」

「……柏原仁兵衛の背後には、筆頭家老たちの企みがありますな」

「企みとは、なんでござるか？」

「実は、先日、それがしのところに、藩主池田様から密書が届き、それがしに藩道場指南役へ復帰せよ、という藩命が書かれていたのです」

「え、お父様、ほんとうですか」

弥生は驚きの声を上げた。

十六

藩道場指南役へ復帰せよ、という藩主の命《めい》に驚いた大瀧左近は病気をおして、江戸藩邸上屋敷へ出頭した。

しかし、藩主池田公はすでに御国入りしていて江戸にはおらず、代わって留守居役で江戸家老の小室睦衛門が大瀧左近に面会することになった。

小室は人払いをしたあと、低い声で大瀧左近にいった。

「これから申すことは、あくまで極秘とするよう、殿のお達しだ」

小室は、そう前置きして話し出した。

「国許の城下において、指南役前島晋吾《まえじましんご》が、殿に禁じられていたにもかかわらず、密かに他流試合を行ない、敗れて指南役の面目を失い、割腹して果てた」

「なんと。あの前島がなんということを」

大瀧左近は自分が後任として推挙した前島晋吾に、あれほど他流試合をせぬよう因果を含めておいたのに、と衝撃を受けた。

前島は左近が目をかけた門弟では、随一の剣技を誇り、若いが人物も出来た男だった。筆頭家老小田島鶴帥《おだしまかくすい》の甥にあたる男だったが、必ずしも筆頭家老派に偏《かたよ》らず、次席家老派にも公平に対していたので、中庸を保った人物として、次席家老派からも信頼されていた。

日ごろ、冷静沈着で、平常心のある前島晋吾が、他流試合に応じたというのは、そうせざるを得ないよほどの事情があったに違いない。

「前島師範の自死の報を聞いて怒った門弟たちの一部が仇を討とうと、城下にいた相手を襲い、さらに藩士二人が斬死、そのほか、多数の負傷者が出たと聞いている」

「いったい、相手は何者です？」

「どうやら、おぬしがかつて殿の御前試合で討ち負かした柏原仁兵衛だということだ」

「柏原仁兵衛ですと！」

大瀧左近は絶句した。

「国許から聞こえて来た話では、柏原仁兵衛は、道場に現れたとき、おぬしの名を叫び、おぬしとの立ち合いを申し入れていたということだ。その姿、まるで幽鬼のようで、薄気味悪かったらしい。よほど、柏原仁兵衛はおぬしのことを恨んでいたらしいのう」

「…………」

大瀧左近は唇を噛んだ。

御前試合からおよそ八年。柏原仁兵衛は、その間、負けた屈辱を糧《かて》に苦しい修行を積み、自分との再試合を望んで、国許の道場に現れたらしい。おそらく、柏原仁兵衛は修行を積みながら、大瀧左近を打ち負かす必殺の秘太刀を編み出したに違いない。

「実はな、柏原を後ろから焚き付けていた者がおるらしいのだ」

「今度は、誰が柏原を？」

「決まっておろうが、次席家老の近藤玄馬《こんどうげんば》に与《くみ》する連中だ」

小室は冷ややかな笑みを浮かべた。大瀧左近は訝った。かつては、筆頭家老の小田島が大瀧左近の対抗馬として、神道無念流の柏原仁兵衛を推したはずだった。

「御家老殿は、なにゆえ、そうおっしゃられる？」

「最近、藩の財政建て直しのため、藩命を得て筆頭家老の小田島様が大幅な人事異動を発令された。そこで、要路の多くが財政赤字を作った責任を問われて左遷されたり、自宅蟄居の処分になった。次席家老の近藤玄馬たちは、それに不満を抱き、人事に異議を唱えた。家老の小田島様は、これは藩命であると毅然として異議をはねつけた」

「…………」

「人事の一環だが、前島は指南役から物頭《ものがしら》に抜擢されていた。そこで、次の指南役に坂崎《さかざき》師範を推していたのだ」

「坂崎師範をですか？」

藩指南役の下には、指南役を筆頭として、三人の師範と四人の師範代が稽古の指導にあたっている。坂崎大膳《だいぜん》は、大瀧左近が指南役だったころから、師範をしている一人だったが、筆頭家老小田島の子飼いで、その引きもあって師範になった男だ。

大瀧左近の父半衛門が指南役として元気だったころも、坂崎大膳は師範をしていたが、剣技に創意工夫がなく、人望もなかったので、ついに指南役の声がかからなかった。

前島は、なぜ、そんな坂崎を次の指南役に指名したのか、と大瀧左近はいささか違和感を覚えるのだった。

坂崎大膳よりも、もう一人の師範である戸田勝間《とだかつま》の方が、剣技は確かだったし、人物もしっかりしていた。考え方は筆頭家老派でも次席家老派でもなく、中立を守る男だ。

戸田勝間が次の指南役だというなら順当で分かる、と大瀧左近は思った。

そもそも、それ以前の話として、前島は指南役に就いて、まだ三年も経たぬのに、さらに上の要路である物頭に抜擢されることになったのからして妙な話だった。

「どうやら、近藤玄馬は、そうした前島指南役に不満を抱いていたらしい。それで、柏原仁兵衛に金を渡して、立ち合いをするようにけしかけたという噂だ。あくまで無責任な噂だからな、ほんとうかどうかは分からないぞ」

小室家老はにやにやと笑った。大瀧左近は首を傾げた。

「では、指南役は、それがしが復帰するまでもなく、坂崎大膳に決まることになっているのではないですか」

「そこが、あの殿のご気質だ。今回のごたごたをお聞きになって激怒され、指南役の人事は差し戻された。おぬしを呼び戻せとな。もう一度、おぬしを指南役に指名し、藩内のごたごたを立て直せというご意向なのだ。それで、おぬしに密命が下りたというわけだ」

小室家老はじろりと大瀧左近を睨んだ。

「大瀧、これは殿のご命令だ。異存はなかろうな」

「……しかし、御家老、あまりの突然の殿のご指名。それがしにも都合というものがあります」

「ほう。どのような都合か？　説明してくれ。それがしは、逐一、殿に報告せねばならぬのでな」

「実は、それがし、労咳《ろうがい》にござる。とても、国許に帰り、指南役を勤めることはできそうにありませぬ」

「……なに、おぬし労咳だと？」

「はい。我が道場をどうするかさえ覚束《おぼつか》ないというのに、とても指南役の重責を負うことなどでき申さぬ」

「ほほう、そうであったか。それは知らなんだ」

小室家老は思案気な顔をしたが、すぐに思い直したようにいった。

「事情はよう分かった。それがしの方から、殿には、その旨お話しておこう」

「御家老から、ぜひ、よろしうお願いいたします」

「うむ。だが、あの殿のことだ。はたして、それがしの話を素直にお聞きになられるかどうか。それがしにも自信がない。一応、引き受けることと、覚悟をしておかねばならんぞ。もっとも、おぬしに、どうしても、という拠《よんどころ》ない事情が生じて、指南役を引き受けられないことになれば、話は別だが」

「………」

大瀧左近は神妙にうなずいた。うなずきながら、小室家老は妙な言い方をする、と思った。小室家老は続けた。

「ところで、国許からの知らせでは、その柏原仁兵衛が江戸へ向かったとのことだ」

「柏原仁兵衛が江戸へ来るというのですか」

大瀧左近は思わず問い返した。

「おそらく、柏原はおぬしを訪ねるのではないか、ということだ。おぬしも、十分に気をつけるがよい」

「はい」

「おぬし、いまも他流試合は受けぬという立場なのだろう？」

「はい。その信念は変わりません」

「柏原仁兵衛が、おぬしの道場を訪ねて、立ち合いを申し入れたら、いかがいたす？」

「お断りします」

小室家老はしばらく黙った。それから呟くようにいった。

「……いつまでも、そういってはいられなくなるかもしれんぞ」

大瀧左近は、小室家老の真意が分からず、顔をまじまじと見つめた。

「ま、そういうことだ。殿のご意向、おぬしに、しかと伝えたぞ。いいな」

小室家老は、そう言い置き、立ち上がった。

大瀧左近は話し終えた。

「先にこのようなやりとりがあったのです」

文史郎は訝った。

「なるほど。しかし、柏原仁兵衛の背後に、筆頭家老派の陰謀があるということだったが、それはどういうことかな？　いまの話では、柏原は次席家老派の近藤から金を受け取っていたということだったが」

「それがし、小室家老の話が信じられなく、国許の戸田勝間に急飛脚を出し、ほんとうの事情を問い合わせたのです。戸田勝間なら、きっと真実を教えてくれるだろう、と」

「で、なんと申していた？」

「小室家老の話と大きく違うのは、柏原仁兵衛の背後に次席家老派がいるというのは、信じられないということ。国許では、そんな噂は流れていない」

「なるほど。それから」

「前島は物頭に抜擢されることを嫌がっていたとのこと、さらに前島は次の指南役には坂崎師範ではなく、戸田を推していたとのことです。それを小田島家老たちは、前島に子飼いの坂崎にするように無理強いした」

「ほう」

「前島が抵抗していたところに、柏原仁兵衛が乗り込んで来たそうなのです。柏原は、それがしがまだ指南役だと思い、再度の立ち合いを求めたそうでした。前島は、大瀧左近は指南役を退き、いまは自分が指南役だと名乗った。柏原は前島を挑発するような言辞を吐いて罵倒した。それでも前島はじっと我慢に我慢を重ね、あくまで、それがしの教えを守り、他流試合は行なわぬと申していたそうです」

「では、前島は立ち合わなかったのか？」

「いえ、立ち合うことになったのです」

「ほう。なぜ、前島は禁を破った？」

「筆頭家老の小田島が自派の子飼いだと思っていた甥の前島がいうことを聞かぬことに激怒し、他流試合に立ち合わぬ前島を武士の風上にもおけぬ臆病者、指南役にふさわしくない腰抜け侍だと侮辱したのです。それで、前島は柏原と立ち合う決意をした。その結果は、小室家老がいっていた通りでした」

「そうだったのか。気の毒にのう」

文史郎は、いくら他藩の揉め事とはいえ、筆頭家老小田島の所業に怒りを覚えずにはいられなかった。

「で、さきほど、相談人殿からお聞きした小室睦之丞が密かに柏原仁兵衛と逢い、金《きん》子《す》を渡していたということを思い合わせると、柏原は筆頭家老小田島に焚き付けられ、今度はそれがしを立ち合いに引き摺り出そうとしているのが分かったのです」

「おぬしと立ち合わせ、どうするつもりだというのか?」

「もし、万が一、柏原が勝てば、敗れたそれがしはおそらくこの世に生きてはいないでしょう」

弥生が大瀧左近の蒲団に抱きついた。

「お父様、そのようなことになっては困ります。だから、立ち合いをおやめください」

奥方はそっと袖を目にあてた。

「弥生、なにをうろたえる。武家の娘として、はしたない。まだ例えばの話だ。たとえ、それがしが、どうなろうと、おぬしは武家の娘として、しっかりしておらねばならぬぞ」

「はい」

弥生は健気《けなげ》に返事をし、涙を押さえた。

「万が一、それがしが、いま申したような拠《よんどころ》なき理由で、指南役に戻れないとなれば、小田島の思惑通り、子飼いの坂崎が指南役の座に就くことになりましょう」

「ううむ」

文史郎は腕組みをし、唸った。

藩によってはさまざまだが、藩指南役の座に誰が座るかは、重要な意味があった。

指南役は多くの弟子を持っているので、武士の頂点に立つことになる。しかも、藩の危機の際には、先頭に立って、武士団を指揮する立場である。

「それがしが柏原に勝てば勝ったで、日ごろ他流試合を禁ずるとしていた法度《はっと》を破ったことになり、指南役にふさわしくない、と小田島たちは騒ぐことができるでしょう。一方で、大声で喋られては困る柏原仁兵衛を、それがしが討ち果たし、黙らせることができる」

「なるほど、そういうことだったのか」

文史郎は頭を振った。左衛門が脇から口を挟んだ。

「そういう事情があるとすれば、やはり柏原仁兵衛との立ち合いは、やらずに済めば、その方がよさそうですな」

「だが、それがしがあくまで柏原との立ち合いを拒み続ければ、柏原はますますそれがしの弟子や知り合いを襲い続けるに違いない。それを防ぐには、それがしが柏原仁兵衛と立ち合い、いずれにせよ、決着をつけることしかないのです」

大瀧左近はまた大きく咳き込みはじめた。奥方が手拭いを咳き込む大瀧左近に手渡しした。弥生が大瀧左近の背中を優しくさすった。

「……これは武士の一分《いちぶん》の問題。それがしが柏原仁兵衛と立ち合うのを、お止《と》めなさるな。お願い申す」

大瀧左近は口許を手拭いで押さえ、激しく咳き込んでいた。

「はてさて、困ったのう」

文史郎は、複雑な事情に当惑しつつ、左衛門や大門と顔を見合わせた。

大瀧左近は咳をするのを堪えていった。

「すでに、それがし、柏原仁兵衛に対して、果たし合いに応じると返答仕《つかまつ》った。その約束を違《たが》えるのは、武士としてでき申さぬ」

「お父様、このような病身では、とうてい立ち合いなど無理にございます。私は大瀧左近の娘として、代わりに……」

「馬鹿をいうではない。おまえは、婿養子を取り、大瀧家の血筋を守るのが役目。まだ、立ち合って、それがしが負けるとは決まってはいないのだぞ」

「はい。それはそうですが」

「弥生、あなたはお父様のいいつけを守らねばなりませんよ」

奥方が優しく諭すように弥生にいった。

大瀧左近は寝たまま、文史郎を見上げた。

「どうか、相談人殿、それがしと柏原仁兵衛の立ち合いの見届け人をしていただきたく、お願い申し上げます」

「ううむ」

文史郎は腕組みをし、答えに詰まった。左衛門や大門に目をやると、二人とも止《や》むを得ませんな、という顔でうなずいていた。

「分かり申した。それがし、およばずながら見届け人をお引き受けいたしましょう」

文史郎は仕方なくいった。

これ以上、大瀧左近を引き留めることはできそうになかった。おそらく、大瀧左近は相討ち覚悟で、捨て身で勝負し、柏原仁兵衛と差し違える覚悟だろう。

こうした果たし合いは、少しでも生きて帰ろうとする方が負けだ。

「して、果たし合いは、いつ、どちらで？」

「これでござる」

大瀧左近は枕の下から果たし状を取り出し、文史郎に渡した。

「相談人様」

弥生が文史郎をすがるような目で見つめた。

「おぬしの依頼に応えることができなかったが、せめてものお詫びに、お父上の果たし合い、見届けさせていただく」

弥生は頭を下げた。

「ぜひとも、お殿様に、見届け人をお願い申し上げまする」

弥生といっしょに奥方も深々とお辞儀をした。

「殿？」

大瀧左近が怪訝な顔をした。

文史郎は大きくうなずきながらいった。

「座輿で、長屋の殿様と呼ばれておる。心配なさるな」

十七

「殿、帰り道が違いますぞ」

左衛門がぶら提灯で反対の方角を指した。

大門も行きかけて足を止めた。文史郎は思案気にいった。

「爺、ちと寄って行きたいところがある」

「殿、これですかの、これ」

大門は手にした盃を口に運ぶ仕草をし、にんまりと笑った。

「大門殿、明日が果たし合いというときに、なんという……」

左衛門は呆れた顔で頭を振った。大門はいった。

「いいではないか。それがしたちが闘うわけでなし。ただ立ち合って見届ければいいのじゃろう?」

「大門、その前に確かめておきたいことがあるのだ。ついて来たくなければ、先に帰ってもよいぞ」

文史郎は道場の玄関を出ると、掘割沿いの道を左手の方へ歩き出した。

大門は頭を掻きながら文史郎について行った。左衛門が文史郎に訊いた。

「殿、そんなつれない」

「殿、まさか」

「うむ。そのまさかだ。行くか」

「参りますとも。殿をお一人にするわけにいきませんからな」

左衛門はしぶしぶ歩き出した。

文史郎は着物に懐手《ふところで》をして、先を急いだ。通りは人気《ひとけ》なく静まり返っている。

「左衛門殿、いったい、殿はどこへ行くおつもりかな」

大門が左衛門に尋ねながら、ついて来る。

文史郎は振り向きもせず、足早に歩いた。

――柏原仁兵衛のやつ、拙者に嘘をつきおって。

何が、襲われたから、降りかかる火の粉を払ったまでだ！

文史郎は柏原仁兵衛を買い被っていた自分自身に腹を立てていた。

橋を渡り、月明りに照らされた寺社の並ぶ通りを進んだ。

やがて文史郎たちは大泉寺の寺門の前に着いた。寺門は暗闇に黒々と聳《そび》えている。

文史郎はゆっくりと境内に足を踏み入れた。

本堂は真っ暗だったが、手前の僧坊の窓や雨戸の隙間から、ちらちらと行灯《あんどん》の明かりが洩れている。

「ごめん。柏原仁兵衛殿はおられるか？」

文史郎は大声で僧坊に訪いをかけた。

返事はなかったが、僧坊の中に人の動く気配があった。

「それがし、相談人の大館文史郎と連れ二人だ。話し合いに来た。顔を出されよ」

左衛門がぶら提灯を掲げ、文史郎の姿を照らした。

僧坊の出入り口の戸が開き、刀を携えた黒い人影が現れた。行灯の明かりを背にして朧《おぼろ》に影が浮かんでいる。

「おぬしらのほかに、いま一人おるな」

影は文史郎の背後の大門を警戒していった。

「それがしといっしょにやっておる相談人の大門だ。怪しい者ではない」

左衛門がぶら提灯で、後ろにいる大門を照らした。大門は軀を斜めにして礼をした。

「三人とは気に入らぬな」

柏原仁兵衛は用心している様子だった。

「分かった。大門、しばらく離れていてくれんか」

「うむ。しからば……」

大門の影は夜陰の中へ歩み去った。

しばらくして、あたりに人の気配がなくなった。

柏原仁兵衛は安心した様子だった。

「よかろう。して、それがしに何用だ？」

「明日、おぬしは大瀧左近と立ち合うそうだな」

「しかり」

「それがしが、その立ち合いの見届け人となるが、いいな」

「なんだと、おぬしが見届け人だと？」

「おぬしが卑怯な真似をしないようにだ」

「なにい？　聞き捨てならぬ。それがしがいつ卑怯な真似をしたというのだ？」

「おぬし、それがしに真赤な嘘をついたではないか」

「それがしが嘘をついただと？」

「おぬしは前に会ったとき、襲われたから火の粉を払ったまでだ、といっていた。それがしは、それを信じた。だが、実際は、おぬしが、師範代の武田広之進と、藤原鉄之介を襲っていたではないか。本人たちから話を聞いたぞ」

柏原仁兵衛は一瞬言い淀んだ。

「襲ったのではない。大瀧左近があまりに、それがしとの立ち合いを避けるので、少しばかり圧力をかけただけだ。大瀧の高弟とやらの腕をちと試しただけだ。どのような剣を使うのか知りたくなってな」

文史郎は頭を振った。

「おぬしの話、信用できぬ。おぬし、人に頼まれて二人を襲ったろう？」

「頼まれてだと？」

柏原仁兵衛は訝った。文史郎はいった。

「そうだ。小室睦之丞から頼まれ、五十両で師範代の武田広之進と、席次筆頭の藤原鉄之介を襲うのを引き受けただろう」

「馬鹿な。なぜ、そんなことをいう。証拠はあるのか？」

暗がりの中だったが、柏原仁兵衛が一瞬、たじろいだ様子だった。

左衛門が文史郎の代わりに、駄目を押すようにいった。

「昨夕、拙者たちが、この目でしっかりと見たぞ。おぬしが小室睦之丞から切り餅二つを受け取るのをな」

「なんだ、そんなことか。あの金は、そんな金ではない」

「では、いったい、なんの金だというのか？」

文史郎が訊いた。柏原仁兵衛は嘯《うそぶ》いた。

「これまで、それがしが筆頭家老の小田島殿のために、いろいろ働いて来た報酬の残りだ。あんな端金《はしたがね》で二人を襲ったりはせん」

「ほう」

「それがし、痩せても枯れても、武士の端くれ。金で人を斬ったりはせん。それに、それがしが本気を出して襲ったら、あの二人、生かしては帰さぬ。あくまで腕試しだ」

「信用できんな。そんな話」

左衛門が冷ややかにいった。暗がりで柏原仁兵衛がにやりと笑ったように思えた。

「だったら、小室睦之丞に訊けばよいではないか。小室睦之丞も武士だ。いくら金持ちで堕落していても、同じ道場の仲間を襲えとは、いうまい」

文史郎は睦之丞が同じ門弟仲間を売ったとは思いたくなかった。だから、柏原仁兵衛の言い分を信じたかった。

「では、なぜ、武田広之進と藤原鉄之介の名前を知っておった？」

「それは、小室睦之丞から聞いた。大瀧道場で、おぬしよりも強いのは誰か、となる。」

それで覚えていただけだ」

「睦之丞の腕も試したというのか？」

「もちろんだ。家老の親父の立ち合いの下、睦之丞と立ち合った。結果は聞くまでもなかろう。睦之丞は、筋はいいが、まだまだ修行が足りぬ」

「もう一度、問いたい。おぬし、どうしても大瀧左近との立ち合いをやめぬか？」

「くどい。大瀧左近も腹をくって立ち合うと返答して来た。その意気ぞよしだ。これは、それがしとやつとの間の果たし合いだ。他人に口出しされたくない」

「大瀧左近と立ち合うのは、筆頭家老の小田島の依頼か？」

「最初の指南役を賭けての立ち合いは、そうであった。だが、今回は違う。それがしが求めてのこと」

「では、大瀧左近殿が重い病なのを知っているのか？」

「病身だと？　卑怯な。そこまでして大瀧左近は秘太刀を隠したいか？」

柏原仁兵衛は鼻の先で笑った。

——秘太刀？

弥生がいっていた秘太刀のことか？

文史郎は左衛門と顔を見合わせた。左衛門も同じことを考えていたのに違いない。

文史郎は急いで付け加えた。

「大瀧左近殿の病は嘘ではない。左近殿は確かに労咳にかかっている」

文史郎は頭を振った。

「おぬしら、大瀧左近が労咳だの、重病だのといって、それがしを動揺させようというのだろう。それとも大瀧左近は病人だから、立ち合いの際に手加減しろ、とでもいうのか」

「いや、そういうつもりはない。ただ病人相手に勝っても、ほんとうの勝ちではないのではないのか？」

「……どうとでもいえ。大瀧左近に伝えよ。病気を装い、こそこそと逃げるなと」

「待て。大瀧左近殿が病だという話は、実は内密にしてほしいといわれたこと。あくまでこれは、それがしが独断でおぬしに話したこと」

「…………」

柏原仁兵衛は不満そうに返事もしなかった。

文史郎は聞き逃したことを問い質した。

「おぬしが敗れたのは秘太刀のせいだと、さっきいったな？」

「そうだ。前の立ち合いで、それがしと大瀧左近はほぼ互角だった。いや、それがしの方が技倆ではわずかだろうが、上回っていたはず。だが、それでも負けたのは、大瀧左近の遣った秘太刀霞隠しゆえだった」

「秘太刀霞隠し？」

文史郎は左衛門と顔を見合わせた。

「そうだ。大瀧派一刀流の秘伝霞隠し。大瀧には秘太刀があるというのは知っていたが、立ち合っても、いかなるものかを見極められなかったのは、それがしの不覚だった」

柏原仁兵衛は低い声で続けた。

「しかし、前の立ち合いで負けはしたが、しかと秘太刀霞隠しを見極めた。敗れて幾星霜、山に籠もって修行を積み、その霞隠しを破る技を身に付けた。それゆえの立ち合いだ。いまさら、病気だといって逃げようとしても、ごまかされぬぞ」

「ううむ」文史郎は唸った。

柏原仁兵衛はにんまりと笑った。

「勝敗は時の運だ。武芸者は、たとえ病であれ、それを言い訳にして、敵に後ろを見せるのは、真の武芸者にあらず。そう伝えろ」

「ううむ」

「おぬしたちにも、ここではっきり申しておく。たとえ、大瀧左近が真実病身であれ、怪我人であれ、手加減はしない。立ち合う以上、それがし、全力を尽くすのみ。手加減はかえって相手に対して失礼であろう。分かったら、帰れ。明日の立ち合いに備えるのに邪魔になる」

柏原仁兵衛は厳しい言葉で結んだ。文史郎は頭を下げた。

「これは失礼した。おぬしの決意のほど、しかと分かった。それがし、やはりおぬしのこと、誤解していたようだ。今日は大変失礼仕った」

「申し訳ない」

左衛門も頭を下げた。柏原仁兵衛はいった。

「明日、会おう」

板戸が文史郎と左衛門の目の前でぴしりと音を立てて閉まった。

文史郎は左衛門に「帰ろう」と顎をしゃくった。左衛門もうなずき踵を返した。

寺門の陰から、大柄な大門の影がのっそりと現れた。

「どうだった？」

「話はあとだ。爺、どこかに寄って行くか」

「分かりました。お供します」

文史郎は無性に酒が飲みたくなった。柏原仁兵衛と話すうちに異様に高ぶった気持ちを鎮《しず》めたかった。

「これか？　いいな」

大門は、手に盃を持ち口に運ぶ仕草をした

「それがし、帰る途中に良さそうな店を一軒見つけてある」

大門はうれしそうな声を上げた。

十八

文史郎は目を覚ますと、朝食を済ませ、腹ごしらえをした。隣のお留《とめ》に、四人分の大きな握り飯を拵《こしら》えてもらい、左衛門と大門とともに早速に出かけた。

果たし合いに指定された場所は、常泉寺東の梅林近くの空き地で、通称一本松原と呼ばれている荒れ地。常泉寺は大川の東橋近くにある水戸殿の隣の古刹である。

文史郎たちは猪牙舟に乗り、大川に出て、川を遡《さかのぼ》った。東橋を過ぎ、水戸藩邸脇の掘割に入り、常泉寺の船着き場で下りた。寺の東側にある梅林はすぐに見つかった。

梅林近くに青々とした田圃が拡がっており、菅笠を被った百姓たちの農作業する姿が見えた。

花の季節が終わった梅林は訪れる風流人もなく、閑散としていた。牛がのんびりと畔道の脇の草地で草をはんでいた。

梅林の中の細い道を抜けると、一本の赤松が枝を延ばしている原っぱに出た。柏原仁兵衛が指定した空き地は、周囲をぼうぼうとした背丈の高い萱草に囲まれた場所で、そこに目印の赤松がぽつんと立っていた。

その松の前だけ、馬場にでも使われているのか、踏みならされた草地になっている。広さは五十畳ほどもあろうか。

松の根元には、誰かが焚火をしたらしい跡があった。

文史郎は松の根元に立ち、一渉《わた》りあたりを見回した。人気《ひとけ》はない。もっとも、ぼうぼうと生えた萱草の中に人が潜んでいても、すぐには気づかないだろう。

果たし合いは午《うま》の刻（正午）なので、まだ一刻（二時間）ほどの間があったが、事前に立ち合いの場所を見ておきたかった。

天空で雲雀《ひばり》の囀《さえず》りが響いている。梅林には小鳥たちの群れがうごめいていた。

こんな辺鄙な場所で、果たし合いが行なわれるとは、誰も知らないだろうし、仮に噂を聞きつけても、わざわざ昼日中に、仕事をほったらかして駆けつける酔狂な野次馬もいなさそうだった。

大門と左衛門は、空き地の周辺の草むらを見て回ったが、まもなく文史郎の許に戻って来た。

「田圃の方に、何人か百姓が作業しているくらいで、ほかに人影はありませんな」

大門が腰の手拭いで汗を拭いながらいった。

左衛門も文史郎にいった。

「こちらも同じ。百姓らしい人影が遠くにあるが、近くに人が潜んでいる気配はありません」

文史郎は陽射しを避け、赤松の枝の葉陰に持参した床几《しょうぎ》に座った。

大門と左衛門は近くに転がっていた材木を運んで来て、松の木陰に置き、腰を下ろす。

「殿、早速ですが、めしにしましょう。立ち合いが始まってからでは、めしも食えなくなる」

大門は筍の皮の包みを開き、お留が作ってくれた特大の握り飯にぱくつきはじめた。

「大門殿、さっき朝飯を食べたばかりではないかの？」

左衛門は呆れた顔でいった。大門は何もいわずに握り飯を噛《かじ》っている。

文史郎も弁当を開き、握り飯を睨んだ。まだ食欲が湧いて来ない。

大門はたちまち二人分の握り飯を平らげてしまった。最後に竹筒の水筒に口をつけ、くいくいと喉を鳴らしながら水を飲んだ。

「ああ、食った食った。では、それがしは、時間が来るまで、しばし失礼いたす」

大門は草地に大の字になって寝そべり、材木を枕に眠る構えだった。

爽やかな風がそよぎ、萱の穂を揺らしている。陽射しは、少々熱いが、木陰にいれば、過ごしやすい。ぽかぽか陽気で眠気に襲われる。

たちまち、大門はいびきをかきはじめた。

「大門殿はなんの心配もない天真爛漫《てんしんらんまん》な子供のようでござるな」

左衛門は握り飯を頬張りながら笑った。

文史郎は思案気にいった。

「爺、どう思うか?」

「ですから、大門は……」

「いや、大門のことではない。秘太刀霞隠しのことだ」

「ああ、そのことですか」

「弥生がさりげなく、いうとったな。父左近が弥生に特訓をして、秘太刀を授けたと」

「はい。そうでした。しかし、どのような秘太刀なのか、爺もちと興味がありますな」

大瀧左近が大瀧派一刀流の奥義である秘太刀を授けるということは、流派の跡継ぎとして、娘弥生を認めたということだ。

大瀧左近は、たとえ血が繋がった娘でも、それだけの剣の上達者でなければ、奥義の秘太刀を授けることはしないだろう。

あの神道無念流皆伝の剣客である柏原仁兵衛が、その秘太刀に敗れたということは、傍目から見ても、興味が湧くことではあった。

文史郎とて心形刀流皆伝の腕前、他流の秘太刀は、ぜひ、自分の目で見、できることなら、自分のものにしたい、という欲望はある。まして、一度、その秘太刀に敗れた柏原仁兵衛が、修行を重ね、その秘太刀を破る技を見つけたら、当然、いま一度、立ち合い、勝負をしたい、と思うだろう。その気持ちも分からないではない。

病身の大瀧左近が、はたして立ち合いで、その秘太刀を使うのかは分からないが、もし、柏原仁兵衛に追いつめられたら、秘太刀霞隠しを遣うかもしれぬ。

なるほど、と文史郎は一人合点をした。

大瀧左近が病身と聞いて、柏原仁兵衛も同じ思いを抱いたろう。きっと追いつめられれば、大瀧左近は最後の最後に秘太刀を遣うはずだ、と柏原仁兵衛は確信したに違いない。

「殿、誰か、来ましたぞ」

左衛門の声に、文史郎は梅林の小路を見た。三人の人影があった。

近づくにつれ、一人は弥生の若衆姿と分かった。

「あ、弥生殿だ」

左衛門の声に、草地で寝ていた大門ががばっと跳ね起きた。

「なに、弥生殿が参ったと」

現金なやつ、と文史郎は苦笑いした。

やがて、弥生と下男に支えられた大瀧左近がゆっくりと歩んで来るのが見えた。

大門と左衛門が弥生と大瀧左近を迎えた。

「大瀧左近殿、こちらにお休みくだされ」

文史郎は床几から立ち上がった。

「かたじけのうございます」

弥生は背に木刀を背負い、裁着袴も凛々しい格好で、文史郎に一礼した。

大瀧左近はいやいや、と手を振った。

「殿、それがしは、これで十分」

大瀧左近は下男に持ってきた茣蓙《ござ》を広げさせた。

大瀧左近は大小を腰から抜き、茣蓙の上に置いた。それから、大儀そうに、どっかりと座り込んだ。

大門は早速用意した水筒の竹筒を大瀧左近に差し出した。

「大瀧左近殿、いかがですかな。水を飲みますかな」

「かたじけない」

大瀧左近は竹筒を受け取り、栓を抜き、うまそうに竹筒の水を啜って飲んだ。

大瀧左近は飲み終わると手の甲で口元の水滴を拭った。

「まだ柏原仁兵衛は？」

「現れておらぬ」

文史郎はうなずいた。

「では、お父様、いまのうちにお支度を」

「うむ」

弥生は甲斐甲斐しく大瀧左近の世話をしはじめた。

大瀧左近は用意した白布の襷をかけた。頭に白布の鉢巻をきりりと結ぶ。

その間に、下男と弥生は大瀧左近の両足の草鞋《わらじ》の紐をしっかりと結んだ。

文史郎は尋ねた。

「立ち合いの得物は？」

「前回と同じ木刀となっております」

弥生は背中に背負っていた木刀を外し、大瀧左近の手許に置いた。

大瀧左近は下男の肩に摑まり、立ち上がった。

木刀を手に取り、しっかりと両足を踏みしめた。ついで、木刀を正眼に構え、上段に振り上げ、目にも止まらぬ速さで、振り下ろした。と思ったら、すぐに下段から上段に斬り上げ、突きを入れて、再び正眼に戻った。

まったく病身とは思えぬ動きだった。

文史郎は、これなら、なんとか柏原仁兵衛と立ち合えると安堵した。

しかし、元気なのは一時で、大瀧左近はまた茣蓙にどっかりと腰を下ろした。

「お父様、あとは時刻が来るまで、軀をお休めください」

「うむ。そうしよう」

大瀧左近は茣蓙の上に横たわった。下男が用意した羽織を大瀧左近の軀にかけた。

文史郎は静かに大瀧左近を見下ろした。

「大瀧左近殿、貴殿は霞隠しなる秘太刀を編み出されたとか？　ほんとうでござるか？」

「殿は、どうして、その名を？」

「柏原仁兵衛から聞いた」

「柏原仁兵衛からでござるか」

大瀧左近は頭を振った。

「殿、お願いの儀がござる」

大瀧左近は顔を文史郎に向けた。

「何かの？」

「それがしの身に、万が一、何かござったら、なにとぞ、娘弥生の後見人になっていただきたく、お願い申し上げる」

「お父様、そのようなお願いをするなど、とんでもないこと」

弥生が慌てて、大瀧左近を押さえた。

「大瀧左近殿、立ち合いの前に、そのような弱気になられては、いけませぬぞ」

大瀧左近は笑顔でいった。

「いや、殿。あなたなら、お分かりになられるはず。柏原仁兵衛は、まともにあたっては勝てる相手ではない。それは前の立ち合いでも重々分かったこと。柏原に勝つには、それがしが編み出した秘剣を遣うよりなし、と見ております。だが、それがし、もはや秘剣を遣う体力がないのです」

「…………」

「よしんば、それを遣ったとしても、おそらく柏原は対抗策を編み出していることでしょうから、敗れるのは必定《ひつじょう》。その覚悟の上でのお願いでござる。お引き受けいただければ、それがし、安心して最後の最後まで膂力《りょりょく》を振るい、柏原と闘うことができましょう。ぜひとも、お願い申し上げたい」

「分かりました。それで、貴殿が後顧《こうこ》の憂いなく闘えるというのであれば、それがし、弥生殿の後見人をお引き受けいたす所存です」

「ありがたき幸せ。聞いたか、弥生」

大瀧左近は嬉しそうに弥生を見た。

「相談人様、ありがとうございます」

弥生が赤い顔で頭を下げた。

「それはよかった。殿が後見人となれば、まずは安心でござるぞ。およばずながら、それがしも付いておりますぞ。安心して闘いなさるがいい」

大門が大瀧左近にいった。

「かたじけない、大門殿」

大瀧左近は嬉しそうにうなずいた。左衛門は何もいわず、頭を振っていた。

常泉寺の境内から、昼九ツ（正午）を告げる鐘の音が響いて来た。約束の午の刻だ。

文史郎は背丈の高い萱草の方角に目をやった。剣気を放った人影が一つ、ゆっくりと歩んでくる。

「殿、柏原仁兵衛が」

左衛門が文史郎にいった。

「うむ。来たか」

文史郎の声に、弥生をはじめ、大門、大瀧左近が一斉に東の方角に顔を向けた。

黒い下緒《さげお》で襷をかけ、黒い布の鉢巻をした柏原仁兵衛が萱の草むらを掻き分けながら、姿を現した。腰に大小をたばさみ、手にはぶらりと木刀を下げていた。

「待たせたな。大瀧左近。尋常に立ち合え」

柏原仁兵衛は大音声《だいおんじょう》で叫んだ。

十九

大瀧左近と柏原仁兵衛は互いに木刀を構え、蹲踞《そんきょ》の姿勢で、相対した。

「では、見届け人として、判じ役を務めさせていただく」

文史郎は両者の間に立って宣した。

「勝負は一本。勝敗が決まったあと、双方とも遺恨なきように」

「しかり」大瀧左近はうなずいた。

「同じく」柏原仁兵衛が酷薄な笑みを浮かべて同意した。

「では、始め！」

文史郎は宣言した。

大瀧左近と柏原仁兵衛は蹲踞の姿勢から、木刀の切っ先を接するようにしながら、ゆっくりと立ち上がった。

正眼の姿勢の大瀧左近に対して、柏原仁兵衛は木刀を油断なく引き上げ、八相に構えた。攻撃の構えだ。

突然に風が吹きはじめた。萱の穂が波打っている。

先に大瀧左近の軀が動いた。

気合いとともに、大瀧左近の木剣が柏原仁兵衛の木剣を弾き、胸に伸びる。

瞬時に、柏原仁兵衛の木剣が大瀧左近の木剣を弾き返し、二人の軀が双方に飛び退いて、間合いを取った。

二人は微動もせずに、向かい合ったまま、睨み合いになった。間合い六間。

文史郎も、後退りし、二人から大きく間を取った。

判じ役は行司ではない。相対する二人の邪魔をしてはならない。二人からは無の存在にならねばならない。

風が二人の髪の毛をなびかせ、足下の土を巻き上げた。それでも、二人の軀はぴくりとも動かない。

だが、文史郎は大瀧左近の顔に異様に汗が流れているのに気づいていた。かすかに肩も上下している。呼吸が乱れている。

対する柏原仁兵衛は能面のように表情を無くした顔で大瀧左近に相対している。呼吸の乱れ、気の乱れは少しもない。

長期戦になれば、体力がない大瀧左近は不利だった。大瀧左近が最初に仕掛けたのも、早く試合を決着させたいがためで、短期決戦を望んでいるのは明らかだった。

柏原仁兵衛は反対に、時間を十分に遣い、大瀧左近の疲れを待っている。おそらく、柏原仁兵衛は大瀧左近が苦し紛れに秘太刀を遣うように追い込んでいるのだろう。初夏の陽射しが二人をじりじりと照らしていた。このまま行けば、病身の大瀧左近はどこかでへたり込むに違いない、と文史郎は案じた。

文史郎は、ふと正面の草むらに人の気配を感じた。それも複数の人が潜んでいる。

野次馬か？

草の陰から覗き見て、姿を見せずにいるのは、不自然だった。もしかして、立ち合いを邪魔しないようにしているのか。だとすれば、ただの野次馬ではない。

かといって、判じ役の文史郎が動くことはできない。一瞬のうちに、打ち合いが始まり、そして終わるということもある。

文史郎は二人の様子を見守るうちに、熱い陽射しを浴びて、汗ばみはじめていた。背筋に汗が流れ出している。おそらく対戦者の二人も、すでに汗だくになっているに違いない。

このまま行けば、大瀧左近には不利なのは自明だった。

野次馬たちも、息を詰めて見守っている。気配を消しているのは、彼らも武芸者だからに違いない。

いや、草むらから発散されているのは、剣気だ。殺気ではないが、鋭い剣気を感じる。

敵か？　味方か？

文史郎は二人に目を釘付けにされながらも、草むらの剣気にも気を配った。

爺や大門、弥生たちは気づいてくれていればいいが、と文史郎は思った。だが、二人から一瞬でも目を離し、振り向くわけにはいかない。

また南から梅林を抜けて、風が吹き寄せて来た。大瀧左近の軀が揺らぎ、足下の土埃が立った。

瞬間、柏原が打ち込むと直感した。

柏原が飛鳥のように飛び、一挙に間合いを詰めた。逃げずに大瀧左近も前へ出て、柏原との間合いをさらに詰めた。

木剣が一度打ち合った。柏原の木剣が大瀧左近の顔面を襲った。ほぼ同時に大瀧左近の木剣も柏原の脇腹を抜いた、かに見えた。

血飛沫《ちしぶき》が大瀧左近の顔面から飛び、柏原の軀に噴きかかった。柏原は大瀧左近の脇を擦り抜け、木刀を構えて残心の姿勢に移った。

「一本！　勝負あった。柏原仁兵衛の勝ち」

文史郎は大声で叫び、手を柏原に上げた。

大瀧左近は顔面を血で真赤にさせながら、木刀を地べたにつき、両足を踏ん張り、辛うじて立っている。

正面の草むらから、十数人の人影がばらばらと現れた。いずれも侍だった。

侍たちは、一斉に二人に駆け寄って来る。

「待て！　おぬしら何者！」

文史郎は怒鳴りながら侍たちに突進した。

「怪しい者にあらず。それがしの父、小室睦衛門と用人だ」

先頭の侍は小室睦之丞だった。後ろから現れた武家は、鉄扇を開き、大声で叫んだ。

「天晴れ、天晴れ。柏原、よくぞ勝った」

そうか。この武家が江戸家老小室睦衛門だというのか。文史郎は一瞬にして彼らの意図を悟った。

小室睦之丞たちは、大瀧左近の秘太刀霞隠れを一目見ようと見物に来ていたのだ。

後ろから大門と左衛門、弥生が大瀧に駆けつけた。

「父上、しっかり」

弥生が大瀧左近の軀を支えた。

柏原は血相を変えて、弥生に支えられた大瀧左近に怒鳴った。

「まだまだ、おのれ、大瀧左近、臆したか！　なぜ、秘太刀を遣わぬ？」

「なに、いまのは霞隠しではないというのか？」

鉄扇を開いていた小室睦衛門は柏原に訊いた。

「違う。似ていて非なる技だ」

柏原が応えた。睦之丞もいった。

「父上、あれはたしかに秘太刀ではありませぬ。それがしでも、見分けられる普通の技」

「大瀧左近、なぜ、秘太刀を隠す？」

柏原仁兵衛は怒鳴り、木刀を杖にして辛うじて立っている大瀧左近に木刀を向けた。

大瀧左近は弥生の肩にすがりながら、震える声でいった。

「……柏原、今回は、おぬしの勝ちだ」

「おのれ、おのれ。人を侮辱しおって。秘太刀を打ち破れねば、それがしの勝ちにはならぬ」

脇から、小室睦衛門も叫ぶようにいった。

「柏原、これでは約束が違うぞ。大瀧左近に秘太刀を振るわせ、睦之丞に見せるという約束だったではないか。金を返せ」

「おのれ、大瀧左近。最後まで、それがしを馬鹿にしおって。死ね！」

柏原はいきなり木刀を大瀧左近の胸に突き入れた。

あまりにも咄嗟のことだった。文史郎も大門も左衛門も止めに動けなかった。

弥生は反射的に大刀の柄で、柏原の木刀をはね上げたが、突きの勢いはあまりに強く、少しずれたものの、深々と大瀧左近の左胸に食い込んだ。

「父上！」

弥生の悲痛な声が響いた。

大瀧左近は胸に突き入れられた木刀を摑みながら、膝から崩れ落ちた。

「父上！」

弥生は父の軀にすがりつき、金切り声で軀を揺すった。

「おのれら、なんということを」

文史郎は柏原や小室親子の前に進み出た。

用人の侍たちが立ち塞がった。

左衛門も大刀の柄に手をかけた。大門は大瀧左近が手離した木刀を拾い上げ、くるくると回しながら、用人たちを威嚇する。

「柏原、おのれ、父に替わって、私がお相手いたす」

弥生の声が響いた。弥生は大刀の鯉口を切り、身を低めて、柏原に正対した。

「娘、それがし、女子供は相手せぬ」

柏原はせせら笑った。

「拙者、女なれど、父大瀧左近から、奥義を授かった者。秘太刀を見たければ、見せてしんぜよう」

弥生は青ざめた顔で、大刀を引き抜き、正眼に構えた。

「ふ、馬鹿な。女子供に秘太刀が遣えるものか。見せることができるなら、見せてみよ」

柏原は笑いながら、大刀の柄に手をかけ、ゆっくりと刀を引き抜いた。

「双方とも、やめよ」

文史郎は飛び退き、両者の間に割って入った。

「殿、邪魔立てなさるな。これは仇討ち。それがしに、柏原を討たせたまえ」

「しゃらくさい。女だと思えばこそ黙っていわせておけば、仇討ちだと。いいだろう、返り討ちにしてくれん。おぬし、親父から奥義を授けられた女剣客だと思えば、それがしも遠慮はせぬ。見届け人、退け。退かねば、おぬしも斬る」

「よかろう。そこまでいわれて、それがしは黙っておれぬ。お相手しよう」

文史郎は大刀を抜いた。

「殿、それがしに討たせてください。お願いです」

弥生が脇から前へ出た。

「おもしろい。やってしまえ」

小室睦衛門が怒鳴った。睦之丞も刀をずらりと抜いた。用人たちも一斉に刀を抜いた。

「分かった。弥生、存分に討て。邪魔立てする者は、それがしたちが相手する」

文史郎は大門と左衛門に目配せした。大門と左衛門が小室や用人たちに進み出た。

弥生と柏原は真剣で向き合った。

「ほう。小娘、意外に出来るな」

柏原が笑いながら上段に刀を振りかざすのが見えた。

「女だと思って、侮りなさるな」

弥生が正眼から下段に構えを変えながらいった。

「ちょこざいな」

柏原は吠え、間合いを瞬時に詰めた。

向き合った睦之丞が文史郎に刀を突き入れながら叫んだ。

「退け、相談人」

鋭い突きだった。文史郎は刀の鎬で突きを受け流し、返す刀で睦之丞の胴を抜いた。

あばら骨の折れる音が響いた。

睦之丞は悲鳴も上げず、前のめりに崩れ落ちた。

「峰打ちだ」

そのとき、弥生の鋭い気が走った。振り向くと、弥生は刀をきらめかせていた。弥生は残心に移っていた。

柏原はがっくりと両膝を地べたにつけ、のめり込むように倒れて行った。柏原の胸から血飛沫が噴き出し、地面を染めはじめていた。

「……それは霞隠しか？」

柏原は呻くように訊いた。

弥生は懐紙で刀の血を拭い、鞘に納めた。

「しかり。霞隠し裏。先に父上が遣いしは、霞隠し表」

「……敗《やぶ》れたり」

柏原は口から血を吐き、動かなくなった。

弥生は大瀧左近に屈み込み、頭を抱き上げた。大瀧左近はまだ荒い息をしていた。

「父上、柏原を討ち果たしましたぞ」

「……ようやった。誉めてつかわす」

文史郎も大瀧左近に屈み込んだ。

「しっかりしろ。医者に連れて行く」

「殿、娘弥生をお願い……いたす。弥生は殿を……」

大瀧左近は喉をごろごろさせ、がっくりと首を落とした。

「お父様、お父様」

弥生が娘に返り、大瀧左近の軀に取りすがって泣いていた。その姿には、もう女剣客の翳りもなかった。

文史郎は弥生の悲しみに付き合い、頭を下げた。

「引け、引けい」

小室家老の声が響いた。睦之丞を抱えた用人たちが引き揚げて行く。

「なんだ、口ほどもない連中め」

大門は両手を叩き、手の埃を払った。左衛門も刀を鞘に納めていた。

「殿も弥生殿も、大丈夫ですか」

「うむ。大丈夫だ」

文史郎はうなずいた。

だが、大瀧左近が最期に何を言い残そうとしたのか、気になって仕方がなかった。

二十

大瀧左近の葬儀は滞《とどこお》りなく終わった。

安兵衛裏店の文史郎たちにも、いつもの日々が戻った。

葬儀が無事済んだことの礼をいいに現れた小袖姿の弥生を一目見て、文史郎は驚いた。

若衆姿の弥生とは、まったく違う娘に変身していたからだった。

大門も左衛門も、あまりに違う美しい娘姿の弥生に、唖然とし言葉を失っていた。

「で、弥生殿、道場の方は、どうなったのですかの？」

文史郎は後見人の立場を思い出して尋ねた。

「はい。しばらくは、師範代の武田広之進や藤原鉄之介を中心に、門弟たちをまとめて、大瀧道場を続けていこうと思います」

「そうか。それはいい」

「つきましては、文史郎様や左衛門様、大門様たちに後見人として、道場の顧問役をお願いし、ご指導いただきたく」

「分かった。及ばずながら、それがしたちも微力ながら、お手伝いしよう。いいな、爺、大門」

「もちろんです。弥生殿のためなら」

大門は相好《そうごう》を崩していった。左衛門も、少々訝りながらうなずいた。

「これからは、道場主の弥生殿のお婿さん選びですな。それがないと、大瀧派一刀流の流れが跡絶えてしまいますぞ」

「それはそうだ。のう、弥生殿」

大門も同意し、目を細めた。

「…………」弥生は顔を赤らめた。

文史郎は弥生を見ながらいった。

「弥生は、確か好きな人がいたのではなかったかのう」

「はい」

弥生は文史郎からちらりと目を逸らし、顔を伏せた。見る見るうちにうなじまで赤くなった。

「その果報者は、どなたかな？」

左衛門が弥生の顔を覗いた。

大門が無愛想に訊いた。

「やはり、身近におる道場の門弟だろうな。四天王の高井真彦かの？」

「いえ」

「では、北村左仲か？」左衛門が訝った。

「いえ」弥生は顔を横に振った。

「まさか、あの小室睦之丞ではあるまいのう？」

大門が顔をしかめながらいった。弥生は俯いたまま答えた。

「違います」

左衛門が大門をたしなめた。

「まさか。睦之丞は、この前の果たし合いで、敵方に付いていた男だぞ。弥生殿が惚れるはずがない」

「ふむ、それはそうだ。それに睦之丞は破門の身だものな。弥生殿にまったくふさわしくない」

大門は顔を綻ばせた。文史郎が訊いた。

「残るは、藤原鉄之介だな。真面目な、いい青年だ」

弥生はきっと顔を上げた。

「鉄之介は決して嫌いではありませぬが、私が憧れているのは、もっと大人の尊敬できる方です」

「うむ。そうかそうか」

文史郎は左衛門と顔を見合わせ、互いにうなずき合った。文史郎がいった。

「そうだな。師範代の武田広之進なら、四天王よりも大人だ。侍としても尊敬できるだろう。のう、爺」

「そうですな。武田広之進はいい」左衛門もうなずいた。

「それがしは、そうは思わぬがのう」

大門が髭をいじりながら異議を唱えた。

「武田広之進とも違います」

弥生が不満そうに文史郎を睨みながら頭を振った。

「そう、そうだろう。拙者もそう思うぞ」

大門が嬉しそうだった。

弥生は上目遣いに文史郎を見ながらいった。

「もっと強くて、大人で、私が尊敬できる御方です」

「ほほう。なるほど」

文史郎は弥生の視線に気圧《けお》されながら、ふと大瀧左近の最期にいった言葉『弥生は殿を……』を思い出した。

「わしらが知っている人で、そんな人はいたかな？」

左衛門が首を傾げた。

「はい。おります」

弥生はまたちらりと文史郎を見、視線を外した。

濡れた目だった。

文史郎は口を噤《つぐ》んだ。

「でも、その御方は私のことなど、子供のように思っていらっしゃる」

大門は頰を崩した。

「いや、弥生殿を子供などとは、それがしは思っておりませんぞ。成熟した娘だと思うておる」

左衛門が呆れた顔でいった。

「大門様、まるで、弥生殿が慕っているのは自分のことだとおっしゃるのか？　まさか」

「いや、そうか？　わしではないのか？」

大門は赤い顔をして頭を掻いた。弥生は可笑しそうに袖で口元を押さえた。

左衛門がしつこく迫った。

「弥生殿、いったい、誰なのか、教えてくれぬか」

「そうよのう。教えてくれい」

弥生はにこやかに笑い、左衛門や大門の追及を躱して答えなかった。

「その話は、また別の日に。本日は、私、用事を済ます途中でお寄りしたので、これで失礼いたします」

弥生は文史郎に流し目をすると、すっと立ち上がった。黒い大きな瞳がきらりと光った。

「もう帰るのか？」

文史郎は思わず声をかけた。弥生は文史郎に向き直り、深々と頭を下げた。

「……これから母といっしょに、いろいろ挨拶に上らねばならぬ所がありますゆえ……」

弥生は爽やかな香りを残し、長屋から出て行った。

文史郎も左衛門も大門も、しばらく弥生の後ろ姿を見送っていた。

弥生がいなくなると、明かりが消えたかのように、色褪せた古長屋の部屋に戻っていた。

三人とも口数が少なくなった。

左衛門が口を開いた。

「ところで、殿、弥生殿の秘太刀霞隠しは、ご覧になりましたかの？」

文史郎は頭を左右に振った。

「いや。それがしは、見ていない。大門はどうだ？」

大門は頭を掻いた。

「それがしも見ておらんかった。殿はごらんになったように思ったが」

文史郎も沈んだ声でいった。

「ちょうど、睦之丞がそれがしに突きかかって来たところで、そちらを捌いていたため、よく見ていない。振り向いたときには、弥生の刀が一閃し、柏原仁兵衛を下から斬り上げていたところだった。大門は？」

「それがしは、弥生殿が残心を取っているのを見ただけです」

「それがしも。見ておりませなんだ」左衛門もうなずいた。

「ということは三人の誰も秘太刀を見ていなかったということか」

文史郎は溜め息混じりでいった。

「霞隠しとは、いったい、どんな剣かのう」

「秘伝だから、弥生殿は教えてくれぬだろうし」

左衛門は唸るようにいった。

「そういえば、弥生殿は、霞隠し裏と申していましたな」

「うむ。それはそれがしも聞いた。柏原はよほど意外だったらしい。おそらく必死に霞隠しの表の技の対策を練っていたのだろう。それで裏の意外な太刀捌きに、一瞬の遅れを取ったと見た」

文史郎は腕組みをし、溜め息をついた。

他流派の秘太刀など滅多に見られるものではない。なんという機会を逃してしまったのだろうか、と文史郎は臍《ほぞ》を噛んだ。

同時に弥生が慕っている男とは、どうやら、自分のことではないか、と文史郎は思い、頰の筋肉が緩むのだった。

第二話　二人殿様

一

「殿、殿。引いてますぞ！」

左衛門の声で、床几に座り、こっくりこっくりと舟を漕いでいた文史郎は、はっと目を覚ました。

大川端に春の陽射しが降り注ぎ、柳に南からの暖かい風が吹き寄せている。

ぽかぽか陽気に、文史郎はついついまどろんでしまったらしい。

「それ、それ引いておりますぞ」

文史郎は手許の釣竿が大きくしなっているのに気づいた。

「おお、来たか。これは大物だ」

「早う早う上げねば、逃げられますぞ」

「うむ。そう急かすでない。諺にもあるだろうが、急いては事を仕損じるだ」

文史郎は勢い良く釣竿を引き上げた。

竿は不意に軽くなった。

——しもうた！

あまり勢い良く竿を上げたので、糸が切れ、せっかくの獲物の魚影は川の水面近くまで上がったものの、悠然と深みに逃げて行く。

「……獲り逃がしたか」

「だから、早う早うと申し上げたのに。殿」

「爺……そういうな」

文史郎は恨みがましく、後ろに立った左衛門を見上げた。

「まあ、殿。いまのは大した獲物ではござらぬ。あきらめが肝心ですぞ」

「そうかのう。それがしには、これくらいはあったと思ったが」

文史郎は両手を二尺（約六〇センチメートル）ほど拡げて見せた。

「いやいや。殿、釣り逃がした魚は大きい、のたとえがありましょう。爺が見たところ、せいぜい、このくらいの小物でしたな」

左衛門は両手の人差指で二寸（約六センチメートル）ほどを示した。

「爺、それはない。目が悪いのではないか。少なくてもこれくらいはあった。ずっしりと引きがあったからのう」

文史郎は両手で一尺（約三〇センチメートル）の幅に縮めた。

「殿、あきらめが悪いですぞ。せいぜい、これくらいです」

左衛門は文史郎の両手を摑み、三寸（約九センチメートル）ほどに縮めた。

「いやいや、そうではない」

文史郎は左衛門と揉み合った。

川面で一尾の魚が跳ね上がり、銀色の鱗をきらめかせて水に戻った。

「……魚に笑われたか」

文史郎は左衛門と争うのをやめた。

「きっとさっき釣り逃がした魚ですかね」

「そうかのう。あれよりはでかかった。子供の小魚が、母親の大魚を逃してくれた礼をいったように思えたがのう」

「爺には、その逆に見えましたが」

左衛門は欠けた歯の隙間から空気が洩れるような笑い声を立てた。

文史郎は気分を悪くしながら竿を上げた。途中で切れた釣り糸が風に揺らいでいる。

「殿、今日もまた釣果なしでございますか」

「今日もまた、というのは余計な科白《せりふ》だろう。釣り人というのは、釣果など気にせず、ただ水溜りに釣糸を垂れているだけでも楽しいものだ」

文史郎は不機嫌な声を立てた。

「しかし、一尾でも釣っておられれば、今晩のおかずになりましょうものを」

「爺、ところでなんの用があって、釣りの邪魔をしに参ったのだ？」

左衛門は我に返ったようにうなずいた。

「そう、そうでした。殿、いま口入れ屋の権兵衛殿から、いい話を貰ったところです。さっそくに殿にお知らせしたいと参ったところです」

「仕事か。ほんとうにいい話なのだろうな」

「はい。それはもう殿にぴったりの、殿でなくてはできない仕事です」

「先日も、そういっておったが、貧乏人から金を取り立てる高利貸しの用心棒だったではないか」

「あれは、確かに爺の見立て違いでございました」

「その前の仕事は、楽だといっていたが、迷い猫捜しだった。猫に引っ掻かれてえらいめに遭った」

「殿、今度こそ大丈夫です。爺を信じてくだされい」

文史郎は頭を振り、気を取り直した。

「どんな仕事だというのだ？」

「お殿様になるという仕事ですもんで」

「なに、殿様になるだと？」

文史郎はじろりと疑わしそうな目で爺を睨んだ。

「はい。殿が殿様に戻るのですから、こんな楽な仕事はないですぞ」

「また怪しい仕事ではないのだろうな」

左衛門は胸をとんと叩いた。

「ここは爺にお任せあれ。まずは権兵衛殿のところへ参りましょう。まもなく依頼人が店に訪れるとのことですので。それでお呼びに参ったところでした」

「さようか」

「さあさ。急いで急いで。今度の魚こそ、釣り逃がしたら大きな魚ですぞ」

左衛門は竿や魚籠《びく》をさっさと片づけはじめた。

裃姿の老家老は丸眼鏡を下にずらし、つくづくと文史郎を見回した。

「いやはや畏れ入りましたな。品格といい、風格といい、確かにお殿様然となされておられる」

「ははは。当たり前です。こちらの文史郎様は、元那須川藩の……」

文史郎は左衛門に黙れと目配せした。左衛門は慌てて口を噤《つぐ》んだ。

「ほう。元那須川藩の何だというのでござるか？」

老家老の傍らに控えた壮年の侍が顔を上げ、鋭い目で文史郎をじっと見据えた。

左衛門が急いで割って入った。

「これは爺めが失礼いたした。文史郎様は、さる名家のご子息でありましたが、いまは若隠居となり、気楽な長屋住まいを楽しんでいるというわけでござる」

「さきほど、おぬしは、確かに元那須川藩の、と申しておったが」

「それがし、そんなことをいいましたか？」

左衛門は困った顔をした。文史郎が取り成すようにいった。

二

「最近、爺は耄碌したからのう。そちらの方、何か、それがしの身許調査でもしたい、と申されるのか？」

壮年の侍は鋭い目で文史郎を値踏みするように見つめた。

「やはり、仮初《かりそめ》にも殿の身代わりということでござるので、あまり身許の怪しい者を選んでは、後々に差し障りがありますのでな。念のため、知っておきたいと思っておる」

文史郎は侍を見返した。

侍は刀を左脇に置き、いつでも襲われたら対応できる構えをしている。普通なら、敵意がないことを示すため、大小の刀を背後に並べて置くものだ。

「小源太《こげんた》、もういい。剣客相談人をなさる以上、文史郎様の身許はしっかりされておられるはず。でなければ、権兵衛殿が我々に紹介してはくれまい」

小源太と呼ばれた侍は膝を進めた。

「しかし、御家老。念のためでござる」

家老は狸顔を崩した。

「ほんのしばしの短い期間のことだ。殿の代理をしていただければよいのだぞ。それも火急のことだ。ぐずぐずいっている暇もない」

家老の言葉に、小源太は沈黙した。

「ともあれ、公儀に怪しまれねば、それでいい。それに仕事が終わったら、口をしっかりと噤んで忘れていただく。それはお約束していただけるのでしょうな」

権兵衛が文史郎の代わりに返事をした。

「もちろんです。口が固いことが、この商売の大事な条件ですからな。終われば、後腐れなく、さっぱりと忘れる。殿、そうですな」

「しかり」

文史郎はうなずいた。

権兵衛の「殿」という呼びかけに、小源太がぴくりと反応した。だが、何もいわなかった。

老家老はにっと笑った。愛嬌のある老人だ、と文史郎は思った。

「では、相談人殿、ぜひに、仕事をお願いいたそう」

老家老は呉服屋の内所の周りを見回した。店先《たなさき》には番頭や手代が得意客の相手をしており、丁稚《でっち》が忙しく動き回っている。

「それがし、上総富津《かずさふっつ》藩の江戸家老大島弾右衛門《おおしまだんえもん》にござる。そこに控えおるは小姓組頭の見島《みしま》小源太でござる」

見島小源太は文史郎に少しだけ頭を下げた。

「お見知りおきを」

上総富津藩は四万石の譜代である。

大藩ではないが、坂東においては、中堅どころの藩である。

「これから、お話しすることは、むろん他言無用。いいですな」

大島弾右衛門は静かな口調でいった。

「実は、上総富津藩の藩主土居利雅《どいとしまさ》様が、昨日藩邸を出奔《しゅっぽん》したまま、お帰りにならないのでござる」

「ほう。殿様が出奔ねえ」

文史郎は左衛門と顔を見合わせた。左衛門が文史郎に囁いた。

「どこぞの藩とよく似てますな」

「うむ」文史郎は苦笑いした。

「殿はいまどちらにおられるのか、皆目見当もつかないのでござる。しかも、困ったことに、近々、将軍様にお目見えせねばならぬことになっておるのです。それまでには、連れ戻さないとえらいことになりましょう」

「なるほど。で、なぜ、殿は藩邸から逃げ出したのですかな？」

「これは、お恥ずかしい限りなのですが、殿はさる商家の娘を見初《みそ》めましてな。ぜひ、側女《そばめ》にと言い出された。それがそもそもの始まりなのでござる」

大島弾右衛門は狸顔をしかめて、事のいきさつを話し出した。

正室のお鷹《たか》の方は、土居家の一人娘。気が強く、武芸が得意なお姫様で、器量はまあまあの人並み。一人娘ということもあり、父親の土居利明《としあき》が、お鷹姫を猫可愛がりをしたため、お鷹は我儘一杯に育ってしまった。

そのため、お鷹は婿選びでも、選り好みし、やや婚期が遅れてしまった。

お鷹が二十二歳を過ぎようというとき、父利明が突然亡くなり、跡継ぎとして、ようやく迎えたのが婿養子の利雅であった。

土居利雅はお鷹よりも二歳年下の二十歳で、武芸は苦手、その代わり学芸に秀でており、学者肌の気が弱い男子だった。

お鷹の方は利雅が気に入り、これまで何度か懐妊したが、その度に流産し、いまだ嫡子に恵まれていない。

そんな折も折、在所の上総富津に戻った土居利雅は、領内の視察の際に、立ち寄った茶屋の娘お通《つう》を見初めた。

お通はまだ十六歳の美しい娘だった。

土居利雅はお通を側女にと、親と交渉したが、お通も両親も首を縦に振らない。

土居利雅は、なんとしてもお通を奥へ召そうとしたが、今度は、正室のお鷹の方が激怒した。

土居家の主ともあろう殿が下賤な町娘にうつつを抜かすとは、何事か、と烈火のごとく怒ったのだ。そんな娘は、決して側女になど上げることはさせぬ、もし、側女にするなら、婿養子の縁組みを解消するとまで言い出した。

そうした離縁騒動に目をつけたのが、公儀隠密だった。公儀は藩のお取り潰しや改《かい》易《えき》の口実を捜している。

嫡子がいない上に、婿養子の離縁などの騒動は、幕府にとっては、お家断絶、藩取り潰し、改易を命じる格好の口実だった。

家臣たちは、必死に土居利雅とお鷹の方を説得し、藩存亡の危機回避に努《つと》めた。

結局、利雅はお通をあきらめると、お鷹の方に告げ、離縁騒ぎは納まったかに見えた。その矢先に利雅が突然に、出奔してしまったのだ。

もし、公儀が藩主土居利雅の出奔、行方不明を嗅ぎつければ、幕府に報告され、藩お取り潰し、重ければ御家断絶を申し渡されるだろう。軽くても地方への改易の沙汰が出るのは間違いない。

「ですから、なんとしても、将軍様へのお目見えまでに、利雅様を見つけ出して連れ戻さねばなりません。そして、利雅様とお鷹の方の仲を修復して、何事もなかったようにせねばなりますまい。その間、文史郎殿には殿に成り済まし、公務を執り行ない、公儀の目をごまかしていただきたいのです。なに、数日のうちには、利雅様を無事連れ戻し、文史郎殿と入れ替えましょう」

「なるほど。ところで、利雅殿が出奔したこと、奥方はご存知なのだろうの？」

老家老の大島弾右衛門は、じろりと見島小源太に目をやった。

見島小源太は左右に頭を振った。

「まだ、奥方様は、お気づきになっていない、と思います」

「とすると、それがし、奥方のお鷹の方の目もごまかさねばならぬというのかの？」

「はい。ぜひとも、そう願いたい」

大島弾右衛門は頭を下げた。文史郎は腕組みをした。

「それは難しい。奥方は、それがしに会えば、一目で偽者と見破るだろう。そうしたら、どうなる？」

「………」

大島弾右衛門と見島小源太は顔を見合わせた。

「では、藩主利雅出奔を知っている者は？」

文史郎は大島弾右衛門に訊いた。

「江戸家老のそれがし、物頭の渡辺帯刀《わたなべたてわき》、それに小姓組頭の小源太、そのほかは探索方の御庭番数名しかおらぬのです」

「なに、では、おぬしたち以外の家臣全員の目もごまかさねばならぬというのか？」

「そうなりますな」

大島弾右衛門はけろりとした顔でいった。

左衛門は頭を抱えた。

「それはえらいことですぞ」

「相談人、何はともあれ、よろしく、お引き受けくだされ。なにとぞ、これこの通りだ」

狸顔の大島弾右衛門は、両手を畳につき、髪の毛の薄い頭を下げて文史郎に懇請した。

文史郎は仕方なく、うなずいた。

たいへんな仕事を引き受けてしまった、と文史郎は臍《ほぞ》を噛んだ。

文史郎を乗せた駕籠は、上総富津藩の江戸屋敷の門を静々と潜り、玄関先にまで運ばれた。

三

迎えの侍たちが、一斉に土下座している。

文史郎は簾の隙間から邸内の様子を窺い、いまさら、じたばたしても始まらないと覚悟を決めた。

奥方や側室に正体がばれたら、その時はその時である。土居利雅が出奔した事実を話すしかあるまい。そこから先は、夫婦の間の問題だ。文史郎の口を挟む余地はない。

玄関先の式台には、奥方をはじめ、奥女中たちが正座して待ち受けていた。

絶体絶命。最初の日で、正体がばれてしまうのか、と文史郎は妙に肝が据わるのだった。

文史郎は頭から頭巾を被り、駕籠の扉が開けられるのを待った。

「お殿様、おなりいい」

小姓組の一人が大声を上げた。その声と同時に駕籠の引き戸が開けられた。

小姓が草履を砂利の上に並べた。文史郎は草履に足先を突っかけて立った。

脇に家老の大島弾右衛門の狸顔が見えた。さらに、その後ろに左衛門が控えている。

それが文史郎にとって唯一の頼りだった。

左衛門は、小姓組頭の見島小源太に案内され、玄関の石畳を歩んだ。

式台にずらりと並んだ奥方や奥女中たちが、一斉に三つ指をついてお辞儀をした。

「お帰りなさいませ」

「うむ。奥、大儀、大儀じゃ」

文史郎は頭巾をしたまま、見島小源太の後ろについて、上がり框の前で草履を脱ぎ、式台に上がった。

「殿、お城では何事かありましたか？」

「いつもの通りだ。平穏そのものだった」

奥方のお鷹の方が、きっとした表情で文史郎を見上げた。

勝ち気そうな顔だが、目に利発な光が宿っている。目鼻立ちも整っており、結構理知的な女だと思った。

唇が薄く、鼻っ柱も強そうだ。

――それがしの好みの女ではないが。

「殿、お加減でもお悪いのでしょうか？　頭巾をお脱ぎになられては、いかがかと」

「うむ。どうも、寒気がしてのう。寝所まで、このままでいたい」

奥方は立ち上がり、率先して文史郎の前に立って歩き出した。

文史郎の傍に大島弾右衛門がついて歩く。大島は後ろからお鷹の方に声をかけた。

「奥方様、これから、しばらく寝所から、お人払いをお願いいたします」

「大島、それは、なぜか？」

お鷹の方は振り向いて訊いた。

「は、はい。老中田宮《たみや》様から、いろいろご指示がありまして、それをどうするか、内密の相談がございます」

「おう。そうか。大切な指示かのう？」

「はい。なにとぞ」

「分かった。でも、大島、殿は風邪気味の身、あまり話し込んではなりませぬぞ」

「分かっております。しばしの間でござるので」

大島は頭を下げた。

文史郎たちは、鶯張りの廊下を進み、寝所に到着した。すでに、女中たちが分厚い蒲団を敷いていた。

御簾が下がり、寝所と座敷を仕切っていた。行灯の明かりが御簾越しに朧げに見える。

部屋付きの女中衆は寝所の蒲団を整え終わると、隣の控えの間に居並んで座っていた。

「ああ、みなの者、下がっていいぞ」

家老の大島弾右衛門は女中たちにいった。

「はい」

女中たちは文史郎に頭を下げ、いそいそと廊下を引き揚げて行った。衣擦れや足音が聞こえなくなると、あとには、文史郎と大島弾右衛門、文史郎の刀を捧げ持ったお小姓の三人だけになった。

お小姓は、文史郎と大島弾右衛門の話も聞いていないかのように無表情のまま、微動もしない。

大島弾右衛門は小姓の若侍にいった。

「木下《きのした》、おぬしもいいぞ」

「はい」

木下と呼ばれたお小姓の若侍は一礼し、刀を捧げ持って寝所の中の刀掛けに架けて退室して行った。

小姓の足音が消えてから、おもむろに大島弾右衛門は文史郎に向き直った。

「相談人、いや、これからは殿とお呼びしましょう。もうご安心を。頭巾は脱いで、お寛《くつろ》ぎください」

「頭巾は窮屈で仕方がないのう。肩も凝る」

文史郎は頭巾を取り、分厚い座蒲団に座った。だが、どうも居心地が悪く、ゆったりした気分とは程遠く、落ち着かなかった。

いったい、どうしたというのか？

天井は高く、控えの部屋も広くて、掃除が行き届いており、塵ひとつ落ちていない。狭くて汚い長屋の部屋とは大違いだ。

にもかかわらず、どうも落ち着けない。

「すぐにも、物頭の渡辺帯刀と見島小源太が参りましょう。そうしましたら、殿にお願いいたすことがいくつかありましてな」

大島弾右衛門は伸び上がり、人待ち顔で廊下の方を睨んだ。

ほどなく、廊下をあたふたと小走りに来る三つの人影が現れた。先頭を切るのは見島小源太だった。その後ろに続いて左衛門と、もう一人の影があった。

三人は座敷に着くと、文史郎と大島弾右衛門の前に膝行して進み、それぞれ袴の裾を折って座った。

大島弾右衛門が早速にいった。

「こちらが物頭渡辺帯刀にございます。どうぞ、よろしう、お願いいたします」

「渡辺帯刀にございます」

渡辺帯刀は小柄だが、頭が切れそうな男だった。目許が涼しく、理知的な広い額をしている。

「殿、いやはや参りました。それがし、奥方様に見慣れぬ顔だと、途中で咎められましてな。あわや追い出されそうになったところです。見島殿が、それがしを、今度召し上げたばかりの年寄りだが腕の達《た》つ書院番ということで通してくれましたので何ぶんよしなに」

左衛門は糊の利いた裃を付けた半袴姿になっていた。長年、裃を付けた生活が馴染んでいたせいか、左衛門の裃姿はさまになっており、違和感はない。

書院番は、常時殿に近侍し、殿の警護にあたる護衛役である。

「そうか。ご苦労だな」

家老の大島が見島に目配せした。

「小源太」

「は、少々お待ちを」

見島は機敏な動きで立ち、素早く周囲の襖を開け閉《た》てし、あたりに人の姿がないのを確かめた。

「誰もおりませぬ」

大島弾右衛門は見島にうなずき、文史郎に向き直った。

「では、殿、いくつか、お話ししておかねばならぬことがございます」

「うむ。何か？」

「一つには、奥方様がそっと忍んで来るやもしれぬのだ」

「こちらから奥へ行くのではなく、奥方が参るというのか？」

文史郎は廊下に目をやった。廊下をさらに進めば、奥方や奥女中たちの部屋になる。

通常は殿が奥方のところへ忍んで行くことになっている。

「奥方様はぜひとも子種がほしい。だから、お待ちになれず忍んで来られるのだが、だからといって、手を出されては困る」

「……」

文史郎はちらりと左衛門を見た。左衛門は知らぬ顔をしていた。

文史郎は顎をしゃくった。先刻、ちらりとだけ見たお鷹の方は、自分の好みではない。だが、迫られたら男として、どうなるかは、自信がなかった。

大島弾右衛門は顔をしかめていった。

「たとえ、奥方様から、どんなに迫られても、手をつけてもらっては困るのでござる。よろしいな」

「……分かった。誓って手は出さぬ」

「二つに、もしかすると、側室のお紗絵《さえ》殿のお誘いもあるやもしれぬ」

「ほう。側室もおいでだったか?」

「お紗絵殿のお誘いにも決して乗らぬこと」

「……そちらも駄目か」

文史郎は思わず言葉を洩らした。左衛門が笑いを堪えて下を向いていた。

「冗談ではないですぞ。お紗絵殿は筆頭家老大文字龍造《だいもんじりゅうぞう》殿のご息女。万が一、手を出し、替玉と判ったら、大文字は大騒ぎをし、貴殿を即刻斬首しかねない」

文史郎はふと疑問を抱いた。

「筆頭家老の大文字は、藩主土居利雅殿の出奔を知らぬというのか?」

「知らせておらぬ」

「なぜ？」

「訳あって」

大島は物頭の渡辺帯刀や小姓組頭の見島小源太と顔を見合わせた。渡辺も見島も頭を左右に振っていた。話さぬ方がいい、というのだろう。

「それから、いま一つ」

「まだあるのか？」

「何者かが、お命を狙うようなことがあるやもしれぬのだ」

「なんだって？　そんな話は聞いていないぞ」

文史郎は左衛門を見た。左衛門も驚いてきょとんとしている。

見島小源太が大島の代わりにいった。

「あくまで仮定の話でござる。そんなことがなきよう、拙者や小姓組の手の者が次の間に控えており、すぐに駆けつけますので安心めされよ。だが、殿も、念のためご油断なされぬよう、お願いいたす」

「ま、用心をするにはするが、そんなことをいうところをみると、これまでにも何かあったのかのう？」

「実は、これまでに、二度ばかり、殿のお命を狙う出来事がありましたものでな」

「二度もだと？」

文史郎はまた左衛門と顔を見合わせた。左衛門は驚いて、見島に訊いた。

「いったい、どのような出来事があったというのです？」

見島は溜め息混じりにいった。

「一度は、毒見役が毒にあたり亡くなりました。もう一度は、床の中に毒蛇が潜ませてありまして、こちらも未然に防ぎました」

「毒蛇か。それがし、蛇は苦手だのう」

文史郎は寝床に目をやり、そこに毒蛇が潜ませてあったか、と思うと身震いした。

「ともあれ、殿を連れ戻すまでの短い間のこと。なにとぞ、よろしうお願い申し上げます」

家老の大島は、そういい、文史郎に白髪混じりの頭を下げた。渡辺も見島も畏まっていた。

大島弾右衛門は文史郎と左衛門に向いていった。

「では、拙者たちは殿を連れ戻す対策を相談せねばなりませぬので、失礼いたす。大声でお呼びくだされば、小姓組の不寝番が飛んで参りますのでよろしう」

大島弾右衛門は、それだけいうと、渡辺、見島ともども廊下を引き揚げて行った。

「やれやれだのう」

文史郎は思い切り背伸びをし、軀の強ばりを伸ばした。

「爺、どうだ、久しぶりの大名屋敷の暮らしは？」

「落ち着かないものですな」

左衛門は正直にいった。しきりに尻をもぞもぞさせている。

おそらく、爺も同じく落ち着かないのだろう、と文史郎は苦笑した。

二人とも、すっかり長屋の貧乏暮らしに馴染んでしまったらしい。

「殿、寝床の具合、調べましょう。毒蛇など放り込まれていては困りますからな」

左衛門は御簾を押し上げた。文史郎は御簾の下を潜り、寝所に足を踏み入れた。

あらためて書院造りの寝所を見回した。総檜造りの豪華荘厳だが、隅々にまで贅《ぜい》を尽くしてある。

「ほう。豪華なものだな」

「我が那須川藩も負けてはいませんぞ」

「うむ。それはそうだが……」

襖には、春うらら、蝶が舞い、花咲き乱れる小川の辺《ほとり》が描かれている。

床の間には白磁の大きな花瓶に、何輪かの紅梅の花を付けた枝が差してあった。

掛け軸には竹林を背にした虎の親子が描かれた絵だ。狩野永徳《かのうえいとく》の落款《らっかん》が捺されている。

どこかで香木が焚かれ、芳《かぐわ》しい薫りが部屋に流れて来る。

いかにも、大名の寝所だった。

蒲団は分厚く、ふかふかしている。掻巻《かいまき》も春らしく、薄手で軽そうで、しかも温かそうだ。

左衛門が掻巻を捲り上げた。掻巻の下には、何もない。

「殿、異状なしです」

「うむ」

文史郎はほっと安堵した。

「殿、寝間着が置いてあります。お着替えをされてはいかがですか。軀を横にして、寛《くつろ》がれては？」

「うむ。そうするか」

文史郎は欠伸《あくび》をし、羽織を脱いだ。左衛門がこまめに手伝い、文史郎は置いてあった寝間着に着替えた。

四

文史郎は微睡《まどろ》んでいた。

浅い眠りの中で、愛しい如月の夢を見ていた。如月は夢の中でも、清楚で優しく、輝くばかりに美しかった。

文史郎は如月の柔らかな胸に抱かれ、天にも昇るような幸せだった。

文史郎は如月の芳しい香りを嗅ぎながら、那須の山々や那珂川の流れを思い出していた。いま思えば、毎日が幸せ一杯の日々だった。

「あなた、あなた」

如月の囁きが聞こえる。

文史郎様、どこにいるのです？

ここだよ。すぐ傍にいるではないか。

文史郎は応えながら、はっと目を覚まし、身を硬くした。

行灯の明かりはなく、あたりは暗闇に覆われていた。欄間のわずかな隙間から、廊下の常夜灯の仄かな明かりが漏れて来るだけだった。

いつの間にか生暖かい女体が蒲団の中に忍び込み、ひんやりとした手が文史郎の胸のあたりをまさぐっていた。

「……あなた、お久しうございます」

「うむ」

文史郎は返事をするわけにもいかず、軀を硬直させていた。

芳しい香りを放つ髪が文史郎の胸にあてられ、柔らかでしなやかな女体が文史郎の軀にのしかかって来る。

奥方だ、と文史郎は思った。家老の大島弾右衛門の忠告通りのことが起こったのだ。

控えの間に寝ている爺は何をしていたのだ、と文史郎は苛立った。

事前の打ち合わせでは、奥方が忍び込んで来そうな場合は、すぐに爺が文史郎に知らせ、文史郎は寝所を抜け出して、控えの間の爺の寝床に隠れ、奥方があきらめて引き揚げるのを待つということになっていた。

きっと爺は疲れて寝入ってしまい、気づかなかったのに違いない。やはり、爺のような年寄りに不寝番をさせたのがいけなかったのだ、と文史郎は臍《ほぞ》を嚙んだ。

奥方に気づかれたら、百年目である。文史郎は、息をするのも気遣い、どうやって、この場を逃れることができるか、必死に頭を巡らした。

奥方の愛撫は続き、次第に気持ちが上擦って、急場を逃げ出す術《すべ》が思いつかなくなろうとしていた。

そのとき、文史郎はふと御簾の外に、怪しい気を感じた。

「待て」

文史郎は囁いた。

いったい、なんの気だ？

だが、奥方の手は文史郎が押えても押えても、文史郎の手を巧みに外し、胸から腹、腹から下腹部へと伸びていく。そして、とうとう文史郎の男にそっと触れた。

「あら……もう、こんなに……」

奥方は愛しいものに触れたように、優しく握った。

殺気！

文史郎は咄嗟《とっさ》に掻巻を跳ね上げ、奥方の軀を突き飛ばした。奥方の悲鳴が上がった。

寸前、御簾越しに槍の穂先が鈍い光を反射させて掻巻を突いた。

文史郎は足がもつれたが、四つん這いで刀掛けに取り付き、大小の刀を取った。

御簾を破り、黒い影が二人、あいついで寝床に走り込んで来た。

一人が奥方に向かい、刀を突き刺そうとしていた。白無垢《しろむく》の着物が暗がりに朧《おぼろ》に見えた。

「奥、逃げろ！」

文史郎は怒鳴った。小刀を抜きざま、奥方に刀を突き入れようとしている影に投げた。

小刀の刃がきらめき、影を貫いた。

影はうっと呻き、刀を取り落とした。二三歩、よろめくと、その場に倒れ込んだ。

「出会え！　出会え！　曲者だ！」

文史郎は怒鳴り、大刀を抜き放った。

もう一人の影が文史郎の叫び声を頼りに槍を突き入れて来る。

文史郎は退かず、逆に前へ出て、突き入れられた槍を脇に抱え込んだ。

影は慌てて槍を引こうとした。文史郎は刀の切っ先を突き入れた。

手応えがあった。影はばたりと槍を手離した。腰の刀を抜こうとしたが、柄を摑んだまま、前のめりに倒れ込んだ。

背後にもう一人、三人目の影がいるのに気づいた。

文史郎は振り向きながら、刀をかざした。

三人目の影が上段から刀を打ち下ろしたのが見えた。文史郎はすかさず刀の鎬で相手の刀を受け流した。

「殿、大丈夫ですか！」

襖ががらりと開き、抜刀した左衛門が部屋に走り込んだ。

廊下の方から、不寝番たちの走ってくる足音が響いた。

影はひるまず、なおも文史郎に斬りかかった。文史郎は刀を躱さず、相手の懐に飛び込みながら、大刀で相手の胴を斬り上げた。

生温かい血が噴き出て、文史郎の顔にかかった。

影は呻きもせず、がっくりと膝を落とした。

文史郎は第三の影が慌てて襖の陰に逃げるのを見つけた。

「爺、ほかにもいる。追え」

「待て！」

左衛門は第三の影を追った。駆けつけた小姓や書院番たちも、左衛門とともに、逃げる影を追った。

文史郎は暗がりの中、奥方を探した。奥方は、いつの間にか姿を消していた。奥へ通じる廊下側の襖が開いたままになっていた。

文史郎は急いで廊下に出ると、奥に通じる出入り口に、白無垢の着物姿の奥方と奥女中たちの姿が消えるところだった。

どうやら、奥方は無事だったらしい。

文史郎は急いで寝所に戻り、蒲団の上に転がっていた二人の黒装束の覆面を引き剥がした。

二人とも見知らぬ顔の若侍だった。小刀が喉元に突き刺さった男の方はすでに絶命している。もう一人の男は、突かれた胸元から血が噴き出ていたものの、まだ息をしていた。

「おぬし、何者だ？」

影は、何も答えず、いきなり口を真一文字にし、歯ぎしりするように口を動かした。とたんに軀を痙攣させて苦しみ出した。口の端から血が溢れ出た。

——毒か。覚悟の上の自殺だな。

文史郎は男から離れた。

大勢の足音が廊下の方から聞こえた。

文史郎は手拭いで顔に浴びた返り血を拭った。血はぬるぬるとしていて、すぐには拭えない。

「殿、お怪我は？」

真っ先に駆けつけた左衛門が心配気に顔を覗き込んだ。

「爺、大丈夫だ。傷は負っておらぬ」

「ですが、血がお顔に」

「返り血だ。顔を見られるのはまずい。顔に傷を負ったことにしておけ」

顔から胸にかけて血を浴びた文史郎は、ほんとうに負傷したかのように見える。

「分かり申した」

左衛門は小声で文史郎に返事をすると、文史郎を座らせ、血だらけの手拭いで、頬被りさせた。

「殿！」「殿！　ご無事でござるか！」

不寝番の小姓、書院番たちがどやどやっと駆けて来た。

左衛門は手を広げて文史郎を背に隠した。

「殿は頭と顔に傷を負われた。誰かすぐに薬箱と白布、お湯をお持ちしろ。傷の手当は拙者がいたす」

「は、はい」

小姓の何人かが慌ただしく廊下を駆け出した。入れ替わるように、見島小源太が駆けつけた。

「殿、お怪我をなされたか？」

左衛門が見島に、そっと耳打ちした。

見島はすぐに了解し、騒ぐ部下たちに大音声で怒鳴った。

「みな、落ち着け。うろたえるな。静まれ。殿はご無事だ。誰か御家老の大島様にも大至急にお知らせしろ。殿が襲われたことは、御家老から指示が出るまで、誰にも知らせるな。騒ぎを大きくするな」

小姓組頭の見島の姿を見て、小姓や書院番たちは落ち着きを取り戻した。

「寝所の周りを固めろ。誰も寝所に近づけるな」

見島は文史郎に訊いた。

「曲者は？」

「三人。二人は、それがしが討ったが、残る一人は爺たちが追った」

左衛門は頭を振った。

「逃げられました。逃げ足の早いやつだ」

「何者なのか、顔を見れば判るかもしれぬ」

見島は暗がりに横たわる二人の影に目をやった。

「誰か、行灯を持って来い」

見島は小姓に命じた。

廊下から行灯が運ばれて来た。見島は二人の顔を検《あらた》めた。

「どうだ? こやつらに見覚えはあるか」

見島は顔色を変えた。

「うむ。毒をあおって死んだ者は、たしか片桐《かたぎり》という持槍組の小頭だった男。いま一人は徒《かち》組の者だ。見覚えはある」

また玄関の方角から大勢がやって来る気配がした。見島は文史郎と左衛門にいった。

「ここにいてはまずい、別の部屋に案内《あない》しましょう」

見島は部下たちに、遺体を運び出し、下男や下女に掃除をさせるように命じた。

ついで、見島は文史郎と左衛門に振り向いていった。

「では、こちらへ」

見島は文史郎と左衛門を三つほど隣の控えの間に案内した。後ろから気づいた小姓組の者たちが静々と付いてくる。

なんの調度品も置いてない、殺風景な八畳間ほどの控の間だった。一方は壁で、残る三方は襖で囲まれている。行灯の暗い光が部屋を仄かに照らしていた。

見島は文史郎と左衛門にいった。

「しばらく、こちらでお休みくだされ」

見島は小姓たちに、この部屋には誰も近づけぬように命じ、襖をぴしゃりと閉めた。

五

家老の大島弾右衛門は腕組みをし、顔をしかめていた。

傍らに座った見島小源太も憮然とした表情で座っている。

文史郎は沈黙を破り、小声でいった。

「さきほど、見島殿は曲者の一人が、片桐という持槍組の小頭と申しておったが、いったい誰の配下の者なのだ？」

大島弾右衛門はうなずいた。

「実は……」

「御家老、そのことは」

見島が止めに入った。

「小源太、もうよい。次席家老のそれがしが、すべての責任は取る。問題が大きくなったら、この皺腹掻っ切ってお詫びすればよかろう。拙者は相談人殿たちを信用することにした」

「…………」

見島は黙った。大島弾右衛門はあらためて文史郎に顔を向けた。

「事ここに至っては、相談人殿たちに隠し事はできもうさぬ。恥を忍んですべてを話さねばなりますまい」

「どういうことですかな?」

「実は、お世継ぎのことでは、もう一人、名乗りを上げている方がおられるのです」

文史郎は大島弾右衛門が敬語を使っているのに気がついた。

奥方のお鷹の方は、父親土居利明の一人娘となっていたが、実はほかに腹違いの弟利昌《としまさ》がいた。

その弟利昌は、父利明が在所で狩猟に出かけた折に、泊まった先の農家で夜伽《よとぎ》をした農家の娘お喜実《きみ》が産んだ子であった。

利明としては、たった一夜の戯れの末に産まれた子で、あまり娘には愛情もなかったが、息子は不憫に思い、利昌の名を与えて、母親ともども城に召し上げようとした。

ところが、それを知った利明の正室お信《のぶ》の方が激怒し、お喜実、利昌親子を城に入れず、藩領からも追い払わせた。

お喜実、利昌親子はわずかばかりの金を与えられ、泣く泣く江戸へ出て、商家の世話になって暮らすようになった。

その後、利明は子供に恵まれず、継承者の男の子がいない、ということで、一人娘のお鷹が婿養子を取ることになった。

その一方、利明は正室のお信には内緒で、利昌にわずかではあったが、二人扶持十俵を与えて養っていた。

利明は密かに江戸留守居役山田常幸《やまだつねゆき》に命じて、お喜実利昌親子の面倒を見させていたのである。

留守居役は、家老格の要職である。江戸家老の大島弾右衛門の下だが、藩の対幕府交渉や他藩との交渉、政策調整などを一手に引き受け、藩の金を出し入れする立場にもある実力者だ。

その山田常幸が、利明が急逝して、お世継ぎ問題が起こったとき、密かに藩要路を説いて回り、その多くを味方につけて、お鷹の方に対抗して、利昌を担ぎ出した。

しかし、筆頭家老の大文字をはじめ、江戸家老の大島、物頭の渡辺らがこぞって反対し、結局、山田の推す利昌を退けた。

そのとき、山田常幸の息がかかった在府の徒組や持槍組、持弓組、馬廻り組の者たちが、お鷹の方の婿取りを阻止しようと動いた。持槍組小頭の片桐主水《もんど》は、そうした者の一人だった。

「では、その山田常幸たちが、またぞろ、利昌を藩主に就けようと暗躍しているというのか？」

文史郎は訝った。大島はうなずいた。

「そういうことになりましょうな」

「いまも山田常幸は留守居役なのか？」

「もちろんです。山田が留守居役で切り盛りしてくれるので、この藩は成り立っているようなものですからな。よほどの不始末がなければ、馘首《かくしゅ》もできない。江戸藩邸、とくに下屋敷では、山田の力はあなどれない」

大島はうなずいた。

文史郎は左衛門と顔を見合わせた。

「もし、殿の土居利雅殿と奥方が亡くなるような事態になったら、お世継ぎがまだいない藩としては、土居利昌殿を土居家の主として迎え入れ、藩主とすることができるわけだな」

「その通りでござる。ただし、公儀が御家騒動を嗅ぎ付け、横槍を入れて来ないという条件がつきますが」

大島は話し終わり、肩の荷を下ろしたかのようなほっとした顔になった。

見島が替わっていった。

「しかし、藩主夫妻暗殺を目論《もくろ》んだ片桐が死んでしまったいま、片桐の背後に山田殿がいたという証拠は何もない。何か決め手となる証拠がなければ、山田殿を断罪することはできない」

文史郎は腕組みをして、考え込んだ。

大島弾右衛門が溜め息混じりにいった。

「どうですかな。相談人、何かいい知恵はありませぬかのう」

「あるには、あるが」

「ほう。ぜひ、それをお聞かせくだされ」

大島弾右衛門と見島小源太は膝を乗り出した。

左衛門は、また殿がろくでもないことを考え出したのではという顔をしていた。

「ところで、本物の藩主利雅殿の行方は分かったのかな？」

「まだ物頭の渡辺から知らせは入っておりませぬが、おそらく明日明後日のうちには、殿の行き先を突き止めるといっていたので、彼ならやってくれるでしょう」

「藩主が戻って来たら、ご破算になるが、それまでに、確たる証拠を摑んでみせましょう」

「お頼み申す」

「では、まず、藩主のそれがしが何者かに襲われ、瀕死の重傷を負ったという噂を流してほしい。だが、どうやら、命は助かるらしい、と」

文史郎はにやりと笑った。

大島弾右衛門は見島小源太と顔を見合わせた。

六

顔や頭を白布でぐるぐる巻きにした文史郎は蒲団に横たわり、檜造りの天井の節を眺めていた。目鼻口だけを除いて、包帯を巻いてある。

口も利けないほどの瀕死の重傷を装い、じっと天井を見上げているのも、苦痛なものだった。

まず最初に駆けつけたのは、奥方のお鷹の方であった。

「あなた……」

お鷹の方は、そう囁いたあと、何時間も文史郎の手を握って、じっとしていた。お付きの奥女中たちが、お躯にさわりますと、いくらいっても、お鷹の方は動かず、文史郎の看病にあたっていた。

文史郎は、身動きもできず、厠に立つこともできぬ苦痛に耐えていたが、お鷹の夫を気遣う気持ちを思うと、申し訳がなくなり、一思いに偽者であることを打ち明けようかと、激しく心が揺らぐのだった。

見かねた左衛門が文史郎の枕元に寄って、「殿、厠はいかがでござるか?」と訊いた。

文史郎は頭をかすかに上下させると、左衛門はお鷹の方に人払いを頼んだ。

「殿は、見苦しい姿をお見せしたくない、とのこと。奥方様も、しばし、殿を一人にさせていただきとうございます。それがしたちが面倒を見させていただきますので」

「分かりました。みなの者、下がりなされ」

お鷹の方が命じると、御簾の前に控えていた奥女中たちは、お鷹に従い、静々と奥へ引き揚げて行った。

人払いが行なわれると、文史郎は左衛門とお小姓の木下の肩を借りて、重傷を装って、そろそろと起き上がり、ゆっくりと厠へ立った。

厠では、ようやく一人になれる。短い時間だが、その間に用を足し、強ばった手足を思いきり延ばすことができる。文史郎は解放感を味わって、英気を取り戻した。

厠の戸の外では、左衛門とお小姓の木下が張り番をし、誰も近づけないようにしていた。

再び、寝所に戻り、横たわっていると、今度は側室のお紗絵が、お付きの奥女中を連れて見舞いにやって来た。

お紗絵は、枕元でまじまじと文史郎を見下ろした。文史郎は寝た振りをしていた。

薄目でしか見なかったが、お紗絵は丸顔の可愛らしい娘だった。唇が愛くるしく、大きな黒い瞳が潤んでいた。

情が深いお鷹の方とか、こんないい側室の娘がいるというのに、藩主の土居利雅は、なんと浮気者なのか、と文史郎は無性に腹が立った。

軀を動かせず、じっとしていなければならぬという苛立ちと、それに幾分、利雅へのやっかみの気持ちがあったかもしれない。

どかどかと廊下を踏み歩く音が響き、ついで入ってきたのは、大柄な男だった。

「殿、な、なんとおいたわしい。見島小源太や渡辺帯刀は、いったい何をしておったのか」

「お父様、お静かに。殿の傷に障《さわ》りましょう」

お紗絵がしきりに諭しているところから察して、筆頭家老の大文字龍造だと文史郎は思った。

「しかも、殿の御側に年寄りの近侍しかおらんではないか。もし、また何者かに襲われたら、警護の見島小源太や渡辺帯刀は、どう責任を取るつもりか。こんな状態を放っておく家老の大島弾右衛門も弾右衛門だ。腹を掻っ切った程度では済まぬぞ」

大文字龍造はひとしきり口角泡を飛ばして息巻いていたが、娘のお紗絵に宥められ、ようやく大人しくなった。

大文字は娘に促され、恐る恐る文史郎の枕元に近寄り、顔を覗き込んだかと思うと、

「なんとも、おいたわしや」と声を詰まらせて平伏した。

文史郎は薄目で大文字の様子を窺い、なんとなく、その風体容貌が大門に似ているように思って、親しみを覚えた。

筆頭家老ということで、かなりの遣り手かと思っていたが、案外人情味のある男のようにも思える。

留守居役の山田常幸が現れたのは、大文字がひとしきり嘆いたり、文史郎をあれこれ慰め、励ましたあとのことだった。

「おう、山田殿もお見舞いに参ったか。おう、ご一緒されたのは、利昌様かの」

「さようでござる」

「いったい、どういう風の吹き回しかな」

「利昌様がちょうど、それがしの屋敷を訪ねて参っておってな。そんな折も折に、こんなことが起こり申した。殿をお見舞いせずに、このまま帰ってはたいへん失礼になる、ということで、こうして拙者と参上した次第」

「おう、そうかそうか。では、それがしたちはお先に失礼いたすので、あとのことは、よろしう」

大文字は、そういうと文史郎に向き直り、

「殿、どうぞ、お大事になさってくださるよう。一日も早いご恢復を心からお祈りいたします」

と深々と平伏した。お紗絵は名残り惜しげに、しばらく文史郎の手を握っていたが、やがて、文史郎の耳元に囁いた。

「お殿様、紗絵はいつもお傍におりまする。これを紗絵と思って抱いてくださいませ」

紗絵は自らの懐剣を文史郎の手に握らせ、掻巻を被せた。文史郎は胸にじんと込み上げるものがあったが、身じろぎもせずに我慢した。

大文字親子が引き揚げたあと、山田が膝行して、枕元近くに寄った。

「いったい、誰が殿をこのような目に遭わせたのか。まことに腹立たしい」

山田もまた、ひとしきり、けしからんと、聞こえよがしに息巻いてみせた。

薄目で窺うと、留守居役の山田は小太りの、一見商人のような、如才なさそうな顔の男だった。

山田の傍らに一人の若侍が控えていた。文史郎は、この若侍が利昌なのだろう、と見当をつけた。ほかに、それらしい侍はいない。

利昌は何もいわず、むっつりした表情で、文史郎を睨んでいる。

山田は利昌に促した。

「もそっと近う。お見舞いをされるよう」

文史郎が薄目で見ているのも知らず、利昌は頰に冷ややかな笑みを浮かべて膝行した。

利昌は間近から文史郎を見下ろした。

山田が大声で左衛門に文史郎の傷の具合を尋ねている。

文史郎は目を閉じ、眠っている振りをした。利昌は山田や左衛門たちには聞こえぬ小さな声で文史郎に囁いた。

「おぬしのお陰で、それがしがどんなひどい生活を送って来たことか、おぬしは知らぬだろう。今度こそは、それがしがおぬしに替わる番だ。悪く思うなよ。……お殿様、どうぞ、一刻も早い、ご恢復をお祈りいたします」

利昌は最後の言葉だけを大きな声でいい、頭を下げた。文史郎は紗絵の懐剣を握り締めた。

左衛門が山田にひそひそと話す声が聞こえていた。

「……典医によると、殿のご容態は今夜あたりが、山ではないか、ということでござる」

「おう、そうでござるか。無事乗り越えられればいいが。心配でござるのう。で、利昌殿は、お見舞いを申し上げたか？」

「はい。しっかりと」利昌の声が聞こえた。

やがて二人が退席して行った。

それから、引きも切らず、次から次へと藩の要路の者たちが入れ替わり立ち替わり見舞いに訪れた。

はじめは、文史郎も耳を澄まして、話を聞いていたが、次第に眠気に襲われ、いつしか深い眠りに落ちていた。

七

文史郎は、うとうとと微睡《まどろ》んでいた。

夢現《うつつ》に、またお鷹の方が現れ、しばらくの間、手を握っているのが分かった。

夜がさらに更けて、奥女中たちがお鷹を連れて、奥へと引き揚げて行くのも朧《おぼろ》に感じていた。

あたりが寝静まり、どこからも声が聞こえなくなってから、左衛門が耳元で「殿、しばし、御側を離れます。近くに控えおりますので、ご安心を」と囁くのを聞いた。

それから、どのくらい眠っていたのだろうか？

どこか遠くで雄鶏《おんどり》の朝を告げる声が聞こえた。

文史郎はふと何かの気配を感じ、はっと目を覚ました。

何か擦れるような音がかすかに聞こえた。それも少しずつ、徐々に何かを動かす音だ。

どこから聞こえてくるのか？

文史郎は聞き耳を立て、頭を動かさず、あたりに気を配った。

あたりは仄かな行灯の光に照らされ、ぼんやりと浮かび上がっている。

音はどこからする？

上か？　上からだ。

かすかな物音は天井から聞こえてくる。

文史郎は高い天井を睨んだ。天井は縦横に枡目のような桟《さん》が渡されている。文史郎はその枡目に目を凝らした。

床の間に近い角の枡目の板が外され、真暗な口が空いていた。

その口に人の顔が蠢《うごめ》いている。一つ、いや二つ。

やがて、するすると縄が下りてきた。

忍び？

文史郎は搔巻の中で、紗絵の懐剣を袋から出し懐に入れた。

御簾の外にも、人の動く気配がした。

――この肝心な機に、いったい爺はどこへ行ったというのだ？　小姓の不寝番は、どうしたのだ？

天井の暗い口から、人影が縄を伝わって静かに降りてきた。一人、また一人。

文史郎はなおも寝た振りをして待った。

枕元に二人の影が立ち、刀を抜いた。

「待て。それがしが殺《や》る」

御簾の外から低い声が命じた。聞き覚えのある声だった。先刻、囁いた利昌だ、と文史郎は思った。

御簾が持ち上げられた。数人の黒い影が文史郎の寝床に近づいた。

覆面をした利昌が文史郎を覗き込んで笑った。

「それがし、この日が来るのを、どんなに待ち焦がれておったことか。……利雅、いざ御覚悟。御命頂戴いたす」

利昌は腰の刀を抜き、文史郎にかざした。

「何をする！」

文史郎はいきなり搔巻を利昌に投げつけ、転がって床の間の前に立った。

刀掛けに手をやった。ない。いつの間にか、大小が消えていた。

しまった！

天井から降りて来た二人が、文史郎の大小を先に押さえていたのだ。

文史郎は床の間を背に、三方から取り囲まれていた。黒装束の影たちは、一斉に刀を抜き、文史郎に突きつけた。

影は四人。文史郎は、その動きから、いずれも剣の練達者と見て取った。

逃げ場はない。文史郎は覚悟を決めた。

殺されるなら、敵の総大将利昌と刺し違える。四人の後ろに、大刀を抜き放った利昌が立っている。

「利雅、往生際が悪いぞ」

利昌は笑い、文史郎の喉元に刀の切っ先を突きつけながら近づいた。

「やはり、利昌、おぬしがそれがしを襲い、殺そうとしていたのか」

文史郎は籠もった声でいった。

「だったら、どうだというのだ？」

「おぬし、藩主にはなれぬぞ」

「ははは。最期まで強がればいい。おぬしが死ねば、藩主の座は自然にそれがしのところへやって来よう」

「それがしが、そうはさせぬ」

文史郎は懐の懐剣の柄を握った。

「どうとでもほざけ」

利昌が大刀を文史郎に突き刺そうとしたときだった。

「待たれよ！」

見島小源太の大音声が響き渡った。

周囲の襖がどんどん倒され、鉢巻に襷掛けした侍たちが黒い影たちを取り囲んだ。

「利昌、おぬしだと分かっておる。神妙にお縄を頂戴いたせ」

見島といっしょに家老の大島弾右衛門が大声で命じた。

留守居役の山田も駆けつけていた。

「利昌、なんということをする。折角、拙者がおぬしを藩の要職に推そうとしている矢先に、こんなことをしでかして」

「おのれ」

いきなり、利昌は文史郎を引き寄せ、くるりと背に回った。後ろから首に手を回し、白刃を文史郎の首に付けた。

「近寄るな！　それがしたちを通せ。でないと、殿の命はないぞ」

「利昌様、これ以上はついて行けません。もう終いです」

四人の影たちは、すでに戦意を失っていた。

「参りました。降伏いたします」

四人とも手にした大刀を鞘に納め、鞘ごと後ろに置き、平伏した。

「おのれ、おのれ。貴様たちまで、それがしを見捨てるか」

利昌は苛立ち、四人を罵倒した。

左衛門が利昌の前に出て来た。

「利昌殿、観念して刀を下ろされい。おぬしが人質にしているのは利雅様ではないぞ」

「な、なんだと？」

利昌は文史郎に命じた。

「顔の包帯を取れ」

文史郎はゆっくりと白布を解いた。文史郎の顔が行灯の明かりの下に現れた。

「本物の殿は、あちらにおられる」

左衛門は廊下を指差した。そこには、物頭の渡辺帯刀に伴われた利雅が立っていた。

「おのれ、利雅！」

利昌は文史郎の軀を除けて、刀を振りかざして利雅に突進しようとした。

文史郎は軀をくるりと回し、懐剣を抜き利昌の大腿部に突き入れた。利昌はよろめきながらも、なおも利雅に迫った。

見島小源太が咄嗟に利雅の前に入った。

その前に、左衛門が抜き打ちで、突進する利昌の刀を切り落とした。

利昌は悲鳴も上げず、その場に崩れ落ちた。

八

「相談人殿、いろいろ、ありがとうござった。殿ともども、心から御礼申し上げる」

江戸家老の大島弾右衛門は、文史郎と左衛門の前に正座し、深々とお辞儀をした。

いっしょに藩主利雅も、深々と頭を下げていた。

利雅は、これまでの事情の一切を大島弾右衛門と見島小源太、物頭の渡辺帯刀から聞かされ、恥じ入っていた。

利雅はまだ若いが、見るからに好青年だった。目鼻立ちが整い、切れ長の目をした、歌舞伎役者のような美男だった。だが、素直に人の意見を聞く耳を持っているところが、文史郎は気に入った。

「余分なことながら、一言、殿に申し上げておきたい」

文史郎は見るからに気弱そうな利雅にいった。

「おぬし、奥方のお鷹殿や側室のお紗絵殿をないがしろにしてはいかん。武士としての気位を持ち、奥方や側室から尊敬されるような男にならねばな」

「はい。しかし、それがしのような、ただ子種を絶やさぬために迎えられた婿養子が、いかにしたら、相談人殿がおっしゃるような強くて尊敬される男になれるというのか、それがしには分かりませぬ」

利雅はおずおずといった。文史郎は自ら胸を張っていった。

「堂々と胸を張りなされ。婿養子であること、恥じることではないぞ。実は、それがしも、さる藩の婿養子だった」

「な、なんと相談人殿もですか？」

利雅は目を瞠った。

家老の大島弾右衛門や、見島小源太が呆然としていた。

「そうなのだよ。たしかに婿殿は辛い。なにしろ、種馬と同じだからのう」

「殿、たとえが悪うございますぞ」

左衛門が横から口を挟んだ。

「種馬結構。いいではないか。居直りなされ。種馬のそれがしたちがいなかったら、血統が続かぬ。御家断絶になるのだからな」

「はあ」

「ものは考えようだ。種馬万歳。どうあれ子孫繁栄はいいことではないか」

「はい」

「だが、あのような惻隠《そくいん》の情がある奥方、その上、愛しい側室がいながら、彼らさえ御《ぎょ》せずに、年端もいかぬ町娘にうつつを抜かすとは、言語道断。そうしたことが、いつか世継ぎ問題になって、藩の未来を左右しかねない。すべては、藩主のおぬしの責任だぞ」

「おっしゃる通りだと思います。お陰で目が覚めました。……見事町娘のお通に振られました。軟弱なそれがしが嫌いだといわれて」

　利雅は神妙に頭を垂れた。

「そうであろう。女子は追われるよりも、いい男を追いたいものだ。追われる男になりなされ。それには、日ごろから武芸に励み、軀を鍛えることだ。のう、小源太殿」

「はい。その通りでござる」

　見島小源太は目を白黒させて訊いた。

「ところで、相談人殿は、ほんとうにどこかの藩のお殿様でござったのか?」

　左衛門が膝を進めた。

「そうでござる。この方は、那須川藩主……」

「爺、やめておけ。それがしは、長屋の殿様で十分」

「しかし、殿」左衛門は不満気だった。

「爺、それよりも、それがしたちは、そろそろ御暇《おいとま》せねばのう。奥方様やお紗絵殿が起きてきたら、また一騒動が起きそうだ」

文史郎は左衛門を促し、席を立った。

「このお礼は、後日に」

大島弾右衛門が頭を下げながらいった。

文史郎は廊下を行きかけて、立ち止まった。

文史郎は振り向いて、懐から懐剣を出し、利雅に渡した。

「これはお紗絵殿から預かったもの、確かにお返ししておきますぞ」

「は、はい」

「では、ごめん」

文史郎は左衛門と廊下を歩き出した。

慌てて見島小源太が駆けつけ、二人の案内に立った。

夜が白々と明けはじめていた。

文史郎が玄関先に着いたとき、廊下の奥が賑やかになった。女たちの喜び叫ぶ声が聞こえる。

文史郎と左衛門は、見島小源太に見送られて外へ出た。

「それにしても、後味が悪うございます。斬らずにも済んだものを、それがし、あえて斬ってしもうて」

左衛門がしかめ面でいった。

「もし、利昌があの場で降参しても、武士として切腹は免れなかったろう。下手をすれば、斬首にされたかもしれぬ。爺とそれがしは、そうさせぬようにしたのだからな」

文史郎は左衛門を慰めた。

武家屋敷街に鮮烈な朝日が射し込んで築地塀を赤く染めていた。

九

後日、安兵衛裏店にやって来た江戸家老の大島弾右衛門は満面に笑みを湛えていった。

「お陰さまで、その後は、殿と奥方様、側室のお紗絵様との間は、大変によくなりまして、見るのも微笑ましいほどでござる」

「ほう。それはよかったですな」

文史郎はうなずいた。

「ご公儀も、我が藩の内紛ありや、と密かに探索をしておったようですが、どうやら、何もなし、となったようでござる」

「それも、ようござったな」

「ところで、奥方様が妙なことを申しておりましてな」

「ほう。どのような?」

「奥方様は、誰に聞いたやら分かりませんが、一時、殿が相談人殿と入れ替わっていたのを、ご存知だったようなのです。それで、それがし、激しく追及され、ついつい襲われたときの殿は、文史郎殿だとお教えしてしまったのです。すると、急に顔を赤らめまして、文史郎殿によろしういってほしい、と」

「ほう。そうでしたか」

文史郎は顎をしゃくった。

「とても、頼もしうございました、とお伝えくだされと。そういえばきっとお分かりになると。いったいなんのことですかのう？」

大島弾右衛門は頭を傾げていった。

急須のお茶を湯飲みに注いでいた左衛門がじろりと文史郎を睨んだ。

「殿、もしや、何か奥方様になさったのではありませぬか？」

「いや、ないない。何もせぬぞ。うん、しておらぬ」

文史郎は慌てて手を振り、否定した。

「どうも、怪しいですな」

左衛門は疑い深い目を文史郎に向けた。

大島弾右衛門が怪訝な顔をした。

「どういうことですかな」

「いや、なんでもござらぬ。ともあれ、奥方様に、よろしくお伝えくだされ。それがしも、よかったと」

「はあ？」

障子戸を勢いよく開いて、大門が現れた。

「殿、お帰りだったか。それがし、心配しておりましたぞ。左衛門殿もおらぬとあって、毎日、心配で夜も眠れぬ状態だった」

「おう。そうであったか。済まぬ」

文史郎は謝った。左衛門がにっと笑いながらいった。

「今回は、大門殿の出る幕はござらなかったですなあ。しかし、惜しい。惜しい仕事でしたぞ」

「なになに、左衛門殿、それがしにも話を聞かせてくれ。何があったのだ？」

左衛門と大門のやりとりを聞きながら、文史郎は奥方と己しか知らぬ、あの夜の出来事を思い出していた。

第三話　剣鬼往来

一

春の柔らかな陽射しが長屋の路地を照らしている。

子供たちが群れをなし、歓声を上げながら、木戸の方へと駆け抜けて行った。

「アメーやぁ、香ばしー、香ばしー」

表通りの方から、チャルメラの音といっしょに、飴売りの甲高い売り声が響いてくる。

長屋の殿様若月丹波守清胤こと文史郎は、つましい朝餉を摂ったあと、万年床に肘を枕に横になり、うたた寝をしていた。

食したあとですぐに寝ると牛になるぞ、と子供のころ、母上に叱られたことがあった。いまは昔の懐かしい思い出だ。

母上は、いまごろ故郷でいかがお暮らしのことだろうか。

文史郎が故郷の信州を離れ、下野《しもつけ》の那須川藩の若月家へ婿養子で入って以来、生母には会っていない。

いったん、他家の養子となった者は、最早我が子にあらず、二度と再び家の敷居を跨ぐようなことはあってはならぬ、と母から固く禁じられた。

母上は、そういいながら、袖で顔を覆い、必死に嗚咽《おえつ》を堪えておられた。

あの言葉は、母上が自分自身に課した戒めだったに違いない。

若隠居し、浪人の身になったいまなら、内緒で故郷に戻って、母上にお目通りすることは許されるのではあるまいか。

開け放った障子戸の間から見える長屋の暮らしは貧しく、慎《つつ》ましいが、どこかのんびりしていて、田舎の農家の暮らしを思い起こさせる。

うとうとしているうちに、子供時代に戻り、ふと故郷の山々の夢を見ていた。

それは那須連山のようでもあり、信州の白い嶺嶺のようでもあった。

爺こと左衛門を相手に剣の修行をしているのもまざまざと思い出す。

夢の中の左衛門は、さっそうとした壮年の剣士だった。いまのように老いぼれてはいない。

左衛門こそ、故郷に妻子を置いたまま、文史郎のお守り役として藩籍を移したのだから、さぞ故郷へは還りたいのではないか。

夢の中で、文史郎は左衛門の心中を察し、目を覚ました。

——爺？

文史郎はあたりを見回した。

爺は、さっきまで台所で朝食の膳を片づけていたが、文史郎がまどろんでいるうちに、どこかへ出かけたらしい。

戸口に、ふと人の気配があった。

「ごめんなすって」

身を低めた男の影があった。鋭い眼差しが文史郎を無遠慮に舐《な》め回した。町人にしては身のこなしがしなやかだった。軽業師か、鳶職か、そういった類の者に違いない。

「こちらは、剣客相談人、大館文史郎様のお宅でございましょうか」

「いかにも」

文史郎は万年床にゆっくりと身を起こした。

「あなた様が文史郎様でござんしょうね」

「うむ。そうだが」

男はあたりを窺うように見回し、低い声でいった。

「松平義睦《まつだいらよしのぶ》様のお使いで上がりました」

「兄者の。どのような？」

男は腰を低め、敷居を跨ぐと、つつーと前に進み、文史郎の前に立て膝して座った。

そのまま流れるような所作で、懐から書状を取り出し、文史郎に捧げ持った。

「これを、とのことでございます」

文史郎は胡座《あぐら》をかき、男から書状を受け取った。

「では、これにて、あっしは」

男は素早く引き上げようとした。

「待て。返事が必要かもしれぬ」

文史郎は封書から巻紙を抜き出し、はらりと払った。

「へえ。殿は返事無用とおっしゃってましたんで」

「返事はいらぬ、というのか」

「急いでおりやすので、これにて失礼いたします」

男は戸口にすすっと後退さり、外の様子をちらりと窺った。

「ごめんなすって」

男は文史郎に頭を下げると、来たときと同じように足音も立てず、細小路の日陰に姿を消した。

――妙なやつだな。

文史郎は訝り、兄松平義睦からの書状に目を走らせた。

それは、至急に会いたい、向島《むこうじま》の料亭に来てほしい、委細はそのときに、とあった。

屋敷ではなく、料亭に来い？

通常の話ではないな、と文史郎は思った。

二

船着き場で猪牙舟を下りると、どこからか三味線の音に合わせて、女が唄う粋な都《ど》都逸《いつ》が聞こえて来た。

料亭や小料理屋が通りに並んでおり、柳の下の常夜灯が小路をほんのりと照らしていた。

左衛門が提灯をかざす中、文史郎はゆったりした気分で小路を歩いた。

兄者が指定した料亭美浜《みはま》は、すぐに見つかった。

船着き場からほんの一丁ほど歩いたところだ。丈の高い黒塀が囲み、松の枝が塀を越して通りにまで張り出している。

左衛門が玄関の格子戸を開け、訪いを告げると、女将が大急ぎで迎えに出て来た。

「それがし、大館文史郎と申すが……」

「はいはい、文史郎様、お客様が奥でお待ちかねです。さあお上がりになって」

女将は下足番に文史郎と左衛門の草履を預かるように命じた。

文史郎は刀を腰から抜いて携え、上がり框に上がった。

「こちらへ、どうぞ」

女将は先に立って文史郎と左衛門を案内した。

廊下の奥へ進むと、中庭が見える座敷に出た。そこに、芸者を侍《はべ》らせた松平義睦が酒を飲んでいた。

「兄者、お久しうございます」

文史郎は座敷の入り口に座った。背後に左衛門も座る。

「おう、文史郎、来たか。近こう寄れ」

「はい」

文史郎は膝行《しっこう》して松平義睦の膳に寄った。

「おう、左衛門もいっしょか。よう来た」

「爺も御邪魔してもよろしうございますか？」

「ぜひもない。女将、歌奴《うたやっこ》、済まぬが、しばらく席を外してくれぬか。わしらだけの話がある」

「はいはい。では、歌奴さん、行きましょうか」

女将は歌奴と呼ばれた芸者を促した。

「話が終わったら、また呼ぼう」

「あい。きっとですよ」

歌奴は艶っぽい流し目をして、文史郎たちにも会釈をすると、女将とともに部屋を出て行った。

二人の姿が消えると、松平義睦は盃を文史郎に差し出した。

「ま、一杯やれ」

「はい」

文史郎は畏まって盃を受け取った。

松平義睦は徳利を摘まみ、文史郎の盃に酒を注いだ。

兄者とこうして盃を交わすのは、久しくない。堅物の兄者が、酒を嗜むのも珍しい。それだけに、何か重大な話があるのだ、と文史郎は思うのだった。

「爺、おぬしも、これでやれ」

松平義睦は歌奴が飲んでいた盃を逆さにして、左衛門に差し出した。

「滅相もない。爺は結構でございます」

「いいから。爺が酒を嗜むのは以前から知っておる」

「では、遠慮なく」

左衛門はおずおずと膝行し、盃を受け取り、松平義睦から酒を注いでもらった。

文史郎は盃をあおるように酒を飲んだ。人肌に温まった酒が喉元を下りて行くのを感じた。

「話というのは、ぜひもない。文史郎、おぬしの力を借りたいのだ」

「もちろんのこと。それがしの力でできることなれば」

「うむ」

松平義睦は、徳利を掲げ、また文史郎と左衛門の盃に酒を注いだ。

「実は、それがし、命を狙われている」

た。

「なにゆえに？」

文史郎は盃を干し、松平義睦に返した。徳利の首を摘み上げ、松平義睦の盃に傾けた。

「虎の尾を踏んだらしい」

松平義睦は盃の酒をぐびりと飲んだ。

「…………」

虎の尾という以上、松平義睦の上司の怒りを買ったらしい、と文史郎は思った。

大目付は老中支配である。だから、上司といえば、老中であろう。

大目付は将軍の代理として、老中支配の幕府の役人や大名を監察統制した。

大目付は目代《もくだい》とも呼ばれ、直接将軍にお目にかかり、直訴することもできる。大目付は老中支配にあるにもかかわらず、老中を監察する権限も持っていた。

役高は三千石だが、何万石もの大名を監察追及する役目上、万石級の大名待遇で、大名目付とも称され、諸太夫《しょだいぶ》格だ。

主な役務は諸大名への法令の伝達、江戸城内の大名の席次・礼法などの典儀の指図、非常の際の監督や指図、諸藩の城の改修や拡張の監督、堤防普請工事の監督、将軍出向の際の指示、三奉行管轄の最高司法機関である評定所への陪席などがある。

ちなみに、大目付は十名いるが、そのうち、五名は道中奉行や鉄砲指物帳改めなどの専任で、残り五名が、老中、若年寄などの幕閣や全国の大名を監察することになっている。

「老中のどなたですか？」

「それが、はっきりと分からぬのだ」

「分からない？　おおよその見当ぐらいは？」

「うむ。おそらく老中ではなく、御側御用取次《おそばごようとりつぎ》ではないか、と思う」

御側御用取次？

文史郎は酒をごくりと飲み込んだ。

御側御用取次は、将軍の側近中の側近だ。

将軍の側近の最高職は大名から取り立てられた側用人があるが、これは常置ではない。

その側用人の下に、旗本から取り立てられた側衆が八名ほどいる。その側衆から、さらに三名ほどが御側御用取次に選ばれた。

御側御用取次は、将軍と老中、若年寄の間にいて、将軍の政務の相談に乗ったり、老中、若年寄の未決の案件を将軍に取り次ぐ役目を専門にしていた。

たとえ、老中、若年寄といえど、未決の案件を将軍に上げるときは御側御用取次に取り次いでもらわねばならず、御側御用取次が将軍の意を呈して拒否する場合もある。

それだけに、老中、若年寄も御側御用取次には逆らうことはできず、往々にして、御側御用取次は、老中よりも絶大なる権限を誇っていた。

御側御用取次は、将軍から直接に、いろいろな案件について調査を下命されることもあって、御庭番を管轄していた。

その御側御用取次の虎の尾を踏んだとすれば、確かに容易ならざる事態だ、と文史郎も思った。

「御側御用取次のどなたです？」

「服部《はっとり》周衛門《しゅうえもん》殿だ」

松平義睦は静かな口調でいった。

「虎の尾とは、いったい、なんのことなのです？」

「ううむ。事がことなので、たとえ、弟のおぬしでも、いまは話すことはできぬ」

松平義睦は腕組みをした。文史郎は首を捻った。

「しかし、それでは、それがしたちは、どのように動いたらいいのか、分かりません。少々不安になりますが」

「うむ。そうだろうな。だが、黙って、それがしの指示に従ってほしいのだ。いまは話すことはできぬが、調査が進み、ある程度事態がはっきり分かってきたら、おぬしたちにも話すことができよう。それまでは事情は訊かず、何もいわず手を貸してほしいのだ。むしろ、おぬしたちは何も知らぬほうがいい。知ればろくな目に遭わぬだろう」

「分かりました。では、何も訊きますまい。なんなりとお申しつけください」

文史郎は腹を括っていった。

「あらかじめいっておくが、命掛けの仕事になる。しかも、それがしには報酬を払えない。無理強いはせぬ。だから、断ってもいい」

「ははは。断るはずがないでしょう。相手が御側御用取次となると不足はありません」

「ところで、おぬしの手の者は何人か？」

「それがし含めて、三人。必要とあれば、協力してくれる者が二、三人といったところでしょうか」

文史郎は、ちらりと手伝ってくれそうな男たちを思い浮かべた。

元中間の玉吉《たまきち》。南町奉行所同心の小島啓伍《こじまけいご》。目明かしの忠助《ちゅうすけ》親分と岡っ引きの末《すえ》松《まつ》。

　ほかにも、いるような気がするが、いまは思いつかない。

　まったく事情が分からないのに、彼らを無用な事件に巻き込んでしまっては迷惑かもしれぬな、と文史郎は思った。

「よかろう。済まぬが、まずはおぬしの命を、それがしに預からせてほしい」

「はい。それがしはお預けいたします」

　文史郎はうなずいた。左衛門がいった。

「爺も文史郎様といっしょに、松平義睦様に命をお預けします」

「爺は、無理せんでいい」

　松平義睦は顔を左右に振った。左衛門は憤然として膝を乗り出した。

「爺を足手纏いな年寄りだとお思いなのでしょう。けしからぬ」

「爺、怒るな。爺を軽んじているわけではない。肉親兄弟でもない爺に、命掛けの仕事を頼むのは心苦しいからだ」

　松平義睦は微笑んだ。左衛門は口を尖らせた。

「それがし、文史郎殿とは親子以上の絆で結ばれた仲と考えております。文史郎殿が行く所、それがし傅役《もりやく》として、どこへでもごいっしょする覚悟でござる。まして、松平義睦様は文史郎殿の血を分けた兄者。それがしにとっては文史郎殿と同様に大事な方でござる」

「分かった。ありがたい。爺、では、おぬしにも、お願いいたそう」

松平義睦様はやや閉口したような顔をした。

「松平義睦様、それがしの命もお預けいたします」

「うむ。頼むぞ、爺」

左衛門は満足気に後ろへ下がった。

「ところで、いま一人は？」

「大門甚兵衛と申す素浪人です。大門は引き受けてくれれば、まこと頼りになる剣客ですが、本人の意志を聴かねばなりません」

「それはそうだろう。ぜひ、聴いてくれぬか。この際一人でも、頼りになる者がほしい」

「分かりました。あとで聴いてみます。ところで、それがしたちは、まず何をしたら、いいのでしょうか？」

「それは追って申しつける。連絡が行くまでは、長屋で待機していてくれ」

「はい」

「ところで、文史郎、おぬしたちに払う金だが、いくら出せば、おぬしたち相談人を雇えるのかは分からぬが、いまは、これしか用意できぬ」

松平義睦は懐から紫色の絹布の包みを取り出した。

文史郎の前に置いた包みを解いた。

包みから小判が一両出てきた。

「兄者のためなら、金子《きんす》などいりませぬ。どうぞ引っ込めてくだされ」

「そうはいかぬ。働いてもらうのに、無報酬では心苦しい。頼む。受け取ってくれねば、頼めぬ」

松平義睦は金子を文史郎に押し進めた。文史郎はうなずいた。

「分かり申した。では、ありがたく頂戴いたします」

文史郎は押し戴くように金子を受け取り、懐に捻じ込んだ。

「あとは酒でも飲みながら、積もる話をしたい。おーい、女将」

松平義睦は手を叩き、大声で女将を呼んだ。

「はーい、ただいま」

台所の方角から女将の返事が聞こえた。

「この店はわけあって、ツケがきく唯一の料亭だ。奥には内緒だがのう」

「分かりました」

文史郎は左衛門と顔を見合わせた。

女将の声が伝わってくる。

「歌奴さん、お殿様のところへ行ってくださいな」

廊下の奥から歌奴の返事もあった。

三

翌日、夕方。

文史郎は大門甚兵衛を長屋へ呼んだ。

大門は、最近、仕事がない日には、父親の後を継いで大瀧道場の道場主になった弥生を手伝っていた。

口入れ屋からの仕事が入ったか、と喜び勇んでやって来た大門は文史郎の話に憮然とした顔で聞き入っていた。

「……という次第だ。大門、どうだろう。兄者のために力を貸してくれまいか」

文史郎は目の前に胡坐をかいている大門甚兵衛を見つめた。

大門は湯呑み茶碗の濁り酒をぐびぐびと飲み干した。

隣に大瀧道場の女道場主の弥生が正座して話に耳を傾けていた。弥生は男のように、小袖に袴を穿いた若衆姿をしていた。

大門はふーっと酒臭い息を吐いた。

「つまり、命掛けの仕事になるが、金は一両ほどしか出ない」

「うむ。そうだ」

「事情は教えてもらえないが、黙っておぬしの兄者の松平義睦殿に、命を預けろというのだな。家臣でもないのに、ひどく無茶な話だな」

「済まぬ。それがしにも、わけも分からぬ頼みだ。だから、おぬしが引き受けなくて当然だ。無理強いはできぬのでな」

「しかも、敵はいまをときめく御側御用取次の服部周衛門だというのだな」

「そうらしい」

「……おもしろい。拙者、退屈していたところだ。ぜひに、その喧嘩、加えさせてもらいたい。松平義睦殿に、この命預け申そう」

大門は胸を叩いた。

「そうか。大門、いっしょにやってくれるか。ありがとう。恩に着る」

脇から弥生が膝を乗り出した。

「殿、それがしも非力ながら、お手伝いいたします。松平義睦様に命を預けましょう」

「いや、なんの関係もない弥生殿にまで、迷惑をおかけするわけにはいかん」

「殿、それがしが女だから、お仲間に入れていただけないというのか？」

「いや、そうではない。命掛けの仕事に、大事なおぬしを巻き込みたくないのだ」

文史郎は正直な気持ちをいった。

弥生は、文史郎を濡れた目で見た。

「それがし、そのお言葉だけいただければ十分でござる。ぜひ、それがしも、殿の兄者である松平義睦様のお役に立ちとうござる。ぜひに」

文史郎は左衛門と顔を見合わせた。

大門が口を開いた。

「殿、いいではないですか。弥生殿の腕は、拙者道場でお手伝いしている折に、十分見分《けんぶん》させていただいた。何度となく稽古の相手もさせていただいたが、さすが大瀧派一刀流を受け継がれた御方。かなりの腕前の剣客でも、弥生殿と立ち合って勝つことはできぬでしょう。ぜひ、弥生殿の力もお借りしたらいいかと思います」

「……。かたじけない」

弥生は大門をちらりと見て頭を下げた。

「分かった。弥生殿、ぜひ、力を貸していただこう」

弥生は満面に笑みを浮かべた。

「もし、さらに人手が必要でしたら、師範代をはじめ、腕が立つ門弟たちを揃えて出すこともできましょう」

「うむ。ありがたい。そのときには、お願いいたそう」

文史郎は弥生に頭を下げた。

大門は湯呑み茶碗の濁り酒を啜りながら、文史郎にいった。

「それにしても、兄者、松平義睦殿は、いったい、御側御用取次の服部周衛門の、どのような虎の尾を踏んだというのですかな？」

「分からぬ」

「それに、大目付である松平義睦殿には家臣がおられるはず。大目付の手足になって働く役人どもがおるはずでしょう。なぜ、彼らではなく、殿やそれがしなのでしょうか？」

「それは、それがしも疑問に思っているところだ。おそらく、兄者は自分の配下も信用できなくなっておるのではなかろうか？」

大門はうなずいた。

「なるほど。松平義睦殿の配下にも、服部周衛門に通じる者がいるかもしれないというのですな。それで、おちおちしておれず、信頼のできる殿を頼りにした、というのですな」

「おそらく」

文史郎は唸るようにいった。

油障子戸の外が次第に暗くなりはじめた。

「ともかく、待機して、呼び出しがあるまで待つしかない」

文史郎は左衛門に目配せをした。左衛門はすぐに察して、台所へ立ち、火種を持って部屋に戻り、行灯に火を灯した。

弥生が油障子戸の外の気配に気付いて、傍らの大刀に手をかけた。

「……何者？」

「うむ」

文史郎も外に人の気配を感じた。

「ごめんなすって」

聞き覚えのある男の声があった。文史郎は「入れ」と返事をした。

一昨日、松平義睦の使いでやって来た男だった。

油障子戸が静かに引き開けられ、黒い影がするりと土間に入った。身を屈めた男が膝をついて文史郎に頭を下げた。

「文史郎様、殿からの伝言でございます。今宵、ごいっしょをお願いいたしたい、とのことです」

「分かった。どちらへ行けばよいのか？」

「あっしが、案内いたしやす」

使いの男は言葉少なにいった。

四

文史郎たちが猪牙舟で案内された先は本所の船宿だった。

船宿の船着き場には屋形船の八一《やいち》丸が一艚ひっそりと横付けされていた。

文史郎たちが船宿の部屋に落ち着く間もなく、松平義睦が姿を現した。文史郎は大門と弥生を松平義睦に紹介した。

松平義睦は大門、弥生と挨拶をしたあと、屋形船を目で差した。

「これから、船でさる御方と重要な会議を持つ。済まぬが船の護衛を頼む」

文史郎はまさか屋形船とは思わなかったので、困惑した。敵に船を襲われたとき、川の中では護衛のしようがない。

松平義睦は文史郎に、

「猪牙舟を二隻用意してある。それらに分乗し、屋形船の前後につけて、ほかの船を寄せぬようにしてほしい」

「兄者、屋形船には、どなたがお乗りになるのですか？」

松平義睦は顔をしかめた。

「おぬしは、黙って指示に従えばいい。見ざる聞かざる言わざるだ」

「はっ」

「先に猪牙舟に乗り込み、屋形船が出るのを待て。屋形船が出たら、少し離れて、あまり目立たぬように密かについて参れ」

松平義睦は、それだけいうと、静かに引き上げて行った。

文史郎たち四人は、松平義睦にいわれた通りに、文史郎と左衛門、大門と弥生の二手に分かれて、猪牙舟に分乗した。屋形船の前後で、出発を待ち受けた。

文史郎たちが配置について間もなく、船宿の通用口から、松平義睦の人影に案内された五、六人の人影が出て来た。

常夜灯のほのかな光を浴びて、通りすがりの男たちの姿がちらりと見えた。いずれも御供の侍を連れており、全員が頭巾を被って顔を隠していた。

着ている着物は、いずれも一見して、かなり高い身分の者たちであるのが見て取れた。

やがて、屋形船は川に漕ぎ出した。屋形船の障子戸には行灯の明かりが灯り、人影がちらついていた。

文史郎たちも船頭に命じ、屋形船の速度に合わせるように猪牙舟を出した。

先頭を行く大門と弥生の乗った猪牙舟も静かに漕ぎ出した。

屋形船は月明かりに光輝く大川の川面へ出て、ゆっくりと川上へ遡《さかのぼ》りはじめた。

文史郎と左衛門は、川を行き交う船に目をやり、いつでも駆け付けることができるよう、神経を遣っていた。

だが、その夜は、何事もなく終わり、屋形船はとある武家屋敷の船着き場で、要人たちを下ろした。

松平義睦が文史郎の側に現れ、「今夜は、ご苦労であった。もう帰っていい」と告げた。

それから松平義睦は屋形船に戻り、また大川へ戻って行った。

文史郎は緊張から解き放たれ、ほっとした。

左衛門も憮然とした表情で座っている。

「殿、いったい何者だったのですかのう?」

文史郎は答えずに大門たちの猪牙舟が来るのを待っていた。

五

翌日も、そのまた翌日も、松平義睦からの呼び出しはなかった。

いつ来るか分からぬ呼び出しを待っていることほど退屈なことはない。

かといって、長屋を離れて釣りに出かけるわけにもいかず、仕方なく文史郎は井戸端の空き地で木刀を振るい、軀がなまらないようにしていた。

すぐに、遊びにめざとい長屋の子供たちが集まって来て、文史郎といっしょに棒振りを始めた。

仕舞いには、文史郎は大勢の子供たちに乞われるままに、基本の素振りや組み太刀の真似ごとを教えていた。時ならぬ野外道場の出現に、長屋のおかみさんたちも顔を見せ、自分の子供の棒振りを応援していた。

「殿、殿」

小路から顔を出した左衛門が文史郎に手招きした。

「……御呼びですぞ」

左衛門は口をぱくぱくさせていた。

ようやく呼び出しが来たらしい。文史郎はうなずいた。

「分かった。いま行く」

文史郎は子供たちに「静まれ」と声をかけた。子供たちは素振りをやめ静かになった。

「今日の稽古は、これで終わりだ。先生は急に用事ができた。行かねばならぬ。では、解散！」

子供たちは歓声を上げて、棒切れを持ち、小路に走って行った。棒振りのあとは、ちゃんばら遊びを続けるらしい。

文史郎は手拭いで胸や首の汗を拭いながら、小路にいる左衛門にきいた。

「爺、兄者は、どこへ来いというのだ？」

「……ともあれ、長屋へ」

左衛門はあたりに気を配りながらいった。

「…………？」

文史郎は左衛門について自分たちの長屋へ戻った。

文史郎たちの長屋の前に、きらびやかな小袖姿の、御高祖頭巾《おこそずきん》を被った女が落ち着かぬ様子で立っていた。いかにも城中から抜け出して来た御女中風の女だった。

御高祖頭巾で顔を隠した女は左衛門といっしょに現れた文史郎に用心深く頭を下げた。

「大館文史郎様にございますな」

「いかにも」

「御迎えに参りました」

「いつもの男は、どうした？」

「ああ、佐助《さすけ》ですね。佐助はほかの用事で出掛けております。それで本日はわたくしが参りました」

「おう。そうか」

「殿はすぐにお越しいただきたいと。通りにお駕籠を待たせてあります」

「駕籠をか？　分かった。すぐに支度をいたそう。爺、支度をしてくれ」

「文史郎様、本日は、お一人でお越しくださいとのことです」

「それがし、一人でと申すか？」

「はい。大勢では目立つので、との由」

左衛門が不満げに文史郎を見上げた。

「爺は心配です」

「兄者がそうおっしゃるなら、仕方あるまい。爺、本日はそれがし一人で参る」

「はい」

左衛門は仕方なさそうにうなずいた。

文史郎は長屋に入り、洗い立ての小袖に着替え、折り目のついた袴を穿いた。

「大門は？」

「大瀧道場へ手伝いに」

「では、ここへ参ったら、本日はそれがし一人で間に合いそうだといっておいてくれ」

「はい。では、くれぐれも御気をつけて」

「爺、それがし、子供ではない。そう心配いたすな」

文史郎は笑いながら、外へ出た。すでに御高祖頭巾の女は木戸を出て、通りの出入り口に立っていた。

二台の法仙寺駕籠が並び、七、八人の六尺たちがしゃがんで待っていた。

文史郎が女の近くへ行くと、六尺たちは一斉に立ち上がった。

「では、わたくしは先の駕籠に乗ります。どうか、わたしの駕籠について来てください」

「うむ」

「では、六尺さんたち、お願いしますよ」

御高祖頭巾の女は六尺たちにいい、前の駕籠の中に乗り込んだ。

「殿、行ってらっしゃい」

左衛門が声をかけた。

文史郎はあとの駕籠に乗り込んだ。窮屈だが、仕方がない。文史郎は刀を抱え、胡坐をかいた。

「では、旦那、ごゆるりと」

六尺がいい、引き戸が閉められた。

法仙寺駕籠は、四方が板張りになっている。前と左右に窓があり、外からは中が見えないように簾がかかっている。

駕籠がふっと持ち上げられた。六尺たちの掛け声とともに駕籠は大きく揺れはじめた。

文史郎は天井から下がった吊り紐を握り、震動に耐えた。

簾の隙間から、六尺たちの尻を丸出しにしたふんどし姿と、通りの店並みや、通行人たちの姿を覗くことができた。

――いったい、今日は、どこへ行くというのか？

ええい、ままよ、と文史郎は覚悟を決めた。

どうやら二台の駕籠は武家屋敷の通りを西に向かっている様子だった。

しばらくの間、文史郎は簾の間から外の様子を窺っていたが、どこかの武家屋敷の築地塀が延々と続いているのを見ているうちに、飽きてしまった。

駕籠は揺れる。ほぼ規則正しい振動に慣れるうちに、文史郎は眠気に襲われた。さっきまで木刀を振るっていたので、その疲れも出てきたらしい。

文史郎は、いつしか、うつらうつらと船を漕いでいた。

どのくらいの時間、眠っていたのだろうか？　振動が止まっていた。駕籠は地べたに置かれている。駕籠はどこかに着いたらしい、と文史郎は思った。

簾の間から見えるのは、どこかの寺の境内だった。松の木立が見える。

文史郎は六尺たちの姿がないのに、気がついた。

前にいるはずの御女中の駕籠もない。

ふと簾からは死角となる右後方に、激しい殺気を感じた。文史郎は咄嗟に左側の引き戸を開き、刀を抱えたまま、外へ転がり出た。

起き上がると同時に、刀の鯉口を切った。

「何者！」

駕籠の右後方から、刀を駕籠に突き入れている浪人者の姿があった。

「………」

痩身の浪人だった。顔は細面で、目が異様に落ち窪んでいる。髑髏《どくろ》に皮が貼り付いているかのような不気味な男だった。

まるで死人ではないか。

浪人者は無言のまま、大刀を正眼に構え直し、文史郎へ向かって来る。

文史郎はあたりを見た。御高祖頭巾の女を乗せた駕籠はない。女の姿もなかった。

おのれ、謀られたか。

浪人者は正眼から下段に構えを変え、じりじりと近付いて来る。

ちりちりするような剣気を感じ、文史郎は背筋の毛が逆立つのを覚えた。

出来る。それも相当の剣客だ。

文史郎は大刀の柄《つか》に手をかけ、身構えたとき、背後にも、強い剣気を感じた。

文史郎は前方の浪人者を睨みながら、後ろにも気を配った。そこに、もう一人の侍が立っているのが分かった。

後ろの侍は刀こそ抜いていないが、文史郎がそれ以上、後ろに下がるようなことがあれば、背後から抜き打ちで斬り付けてくる気配だった。

「おぬしら、何者だ？」

「…………」

浪人者はにんまりと笑った。酷薄で凄味のある笑みだった。全身から燃え立つような殺気を放っている。

後ろの侍も鯉口を切った気配だった。

文史郎は怒鳴るようにいった。

「それがしを大館文史郎と知ってのことか」

「…………」

二人とも応えなかった。

返事をしないところを見ると、明らかに自分を殺そうと狙っている、と文史郎は思った。

「武士なら名を名乗れ」

「………」

痩身の浪人者は何もいわず、あと一歩で一足一刀の間合いになるまで詰めた。

文史郎は覚悟を決めた。

二人とも容易ならざる剣の遣い手だ。斬り結んだが最後、どちらかが死ぬしかない。

文史郎は大刀をすらりと抜いた。今度という今度ばかりは峰打ちにする余裕はない。

斬るか斬られるかだ。生き延びるには、斬らねばならない。

後方の侍も大刀を抜いた。

前方の浪人者が襲いかかり、気圧《けお》されて後ろへ下がれば、後方の侍が斬り掛かって来る。

文史郎は相下段に構えた。下段にした刀の切っ先を地面すれすれに滑らせ、相手の打ち込みを誘う。

潮が満ち、また引くように。

秘剣引き潮。

浪人者の顔色が土気色《つちけいろ》になった。笑みが消えた。誘いを見破り、乗って来ない。

後ろの侍が間合いを詰めるのを感じた。

文史郎は刀を引き、右斜め後方に向け、下段に構えた。

引き潮の極意は、前方の敵に備えつつ、後方の敵にも対処できる裏表二正面の剣技であることだ。

文史郎の構えを見て、後ろの侍の動きが止まった。

瞬間、前方の浪人者が一足一刀に間合いを詰め、下段に刀を滑らせるように突進して来た。

文史郎は足で地面を蹴り、浪人者の方角に飛んだ。斜め後方に構えていた刀を回転させて上段から浪人者に振り下ろした。

浪人者の刀が上がり、文史郎の刀を弾き上げた。

文史郎は着地すると、弾かれた刀を返し、浪人者に中段から横に払った。

浪人者は刀で文史郎の刀を切り落とした。

文史郎はその瞬間を逃さず、浪人者に体当たりをかけた。浪人者はくるりと体《たい》を躱《かわ》し、刀を上段に振り上げた。

すかさず文史郎は浪人者の懐に飛び込み、刀で胴を抜いた。

手応えがあった。

浪人者は呻き、文史郎に体を預けた。

文史郎は一呼吸ついて、寄りかかった浪人者を突き放した。

浪人者は離れる瞬間、刀を文史郎に振り下ろそうとした。文史郎は刀を回し、浪人者の胴を深々と払い斬った。

浪人者はがっくりと膝を落とした。

文史郎は飛び退き、後方の侍に向き直って残心の姿勢を取った。

初めて相手の侍を睨んだ。

月代もきちんと剃り上げた武家だった。目付きは鋭いが、端正な顔立ちをしている。

軀全身から凄まじい剣気を放っている。

日焼けした精悍な顔付きは、一見柔和に見えるが、それは厳しい修行を積んだ者だけに共通する余裕から生まれるものだった。

先程の浪人者よりも腕が立つ。文史郎は緊張で軀が小刻みに震えた。

武家は口許を歪めた。

「おぬし、出来るな。黒岩の殺人剣が破れるのを見るのは初めてだ」

「黒岩？」

「おぬしの太刀筋を見るに、心形刀流と見たが？」

「しかり。おぬしの構えは柳生と見たが？」

「…………」

武家はふっと笑い、応えずにいった。

「どうやら、邪魔が入ったようだ。運のいいやつだな」

「なに？」

文史郎はちらりと視線を寺門の方に走らせた。

走る足音が響く。

「殿！　殿」「殿、ご無事か！」

左衛門と大門の声が聞こえた。

武家は刀を引いた。

「この勝負、後日に預けよう。だが、忠告しておく。邪魔立て無用。余計な手を出すな。重大な結果を招く。いいな」

文史郎は武家から目を離さずに訊いた。

「おぬしたち、いったい何が狙いだ？」

武家は応えず、刀を鞘に戻した。無表情のまま、踵を返し、すたすたと歩き出した。

文史郎は残心を解いた。いまごろになって、胸の動悸が激しくなった。いつの間にか、着物の袖口や袴に切傷ができていた。

「殿、よくぞご無事で」

「殿、大丈夫か！」

左衛門と大門があたふたと駆け付けた。

先頭には、いつも松平義睦の指示を持って現れる男がいた。

「殿、さっきの武家はどちらへ？」

「本堂の方へ行った」

文史郎は懐紙で刀の血を拭った。

「追ってみますんで、ごめんなすって」

男は駆け足で武家のあとを追った。

「こやつを斬ったのですか？」

左衛門が足許に転がった浪人者に屈み込んで、首に手をあてた。

大門が顔をしかめた。

「殿もてこずった様子でしたな」

文史郎はうなずいた。

「うむ。かなり手強い剣客だった。爺たちも、よくぞ、それがしがここにいる、と分かったな」

　左衛門は頭を振った。

「あのあと、使いの中間《ちゅうげん》、佐助というんだそうですが、佐助がやって来て、あの御女中が偽の使いだと分かったのです。駕籠に乗せられて出掛けたといったら、佐助は、おそらくこちらだろう、とすぐさまそれがしたちを案内して、ここへ飛んで来たのです」

「何はともあれ、ご無事でよかった」

　大門もほっとした顔でいった。

　佐助が本堂の方から戻って来た。

「見失いやした。足の早い連中です」

「よくぞ、ここが分かったな」

　文史郎はあらためていった。佐助はにやりと笑い、うなずいた。

「それが、あっしらの役目でやして。ところで、殿からのご伝言です」

「なんだというのだ?」

「今夜も、一人で来てほしいとのことです」

左衛門が顔をしかめた。

「また殿お一人ですか？」

「へえ。殿は何人も引き連れては行けぬとおっしゃっておられました。それよりも、ほかの方がたには、やってもらいたいことがあると」

「ほう、何かな？」

「それは、殿が文史郎様に直接おっしゃるそうですんで」

佐助は頭をぺこりと下げた。左衛門がきいた。

「殿、いかがいたします？　またお一人でとなると、このような目に遭うのでは、と危惧いたしますが」

「しかし、兄者は一人で来いという以上、そうせざるを得まい」

文史郎は腕組みをし、考え込んだ。

さっきの武家がいっていた忠告を思い出した。

邪魔立て無用？

いったい、なんの邪魔だというのだ？

六

西に陽が落ち、江戸の街は暮れなずんでいた。家家や通りに行灯が灯っている。

松平義睦と文史郎を乗せた猪牙舟は、静かに神田川を急いでいた。

舳先《へさき》には中間の佐助が蹲り、油断なく掘割の行く手に目を凝らしている。船尾で二人の船頭が二挺櫓を漕いでいた。

「そうか。文史郎、とうとう、おぬしが襲われたか」

松平義睦は舟の中に座り、呟くようにいった。文史郎はうなずいた。

「はい」

「済まぬな。それがしのために」

「覚悟はしておりますが、相手が何者なのか分からぬので、ちと不安になります」

「うむ。そうだろうな。いましばらく待て。そうすれば、少しは話すことができようが、いまは知らぬ方がいい」

「はい、兄者」

暗がりの中で、松平義睦が苦渋の顔をするのが想像できた。文史郎はそれ以上、問い詰めても松平義睦をさらに苦しめるだけだろう、と思い何もいわなかった。松平義睦とて、いいたくてもいえない立場なのだろう。

「相手を斬ったのか？」

「はい。一人を斬りました。いま一人は逃げましたが、二人とも、凄腕の剣客でした。斬りたくはなかったのですが、斬らずばそれがしが斬られていたことでしょう」

「そうか。どんな相手だったか？」

文史郎は思い出す限り、二人の特徴を話した。

「武家と素浪人か。で、その武家は素浪人のことを黒岩と申していたというのだな？」

「はい。確かに黒岩の殺人剣だと」

黒岩の遺体には、身許を示すような物は一切身につけていなかった。

「ほかに何か分かったことは？」

「それがしが見たところ、武家は柳生流の遣い手であると」

「なに、柳生？　間違いないか？」

「はい。間違いありませぬ」

松平義睦は暗闇の中で、目をぎらりと光らせた。

「うむ。ご苦労だった。参考になった。また何か思い出したら、聞かせてくれ」

「はい」

松平義睦は腕組みをし、沈黙した。何事かを考えているのだろう、と文史郎は思った。

猪牙舟は二つ、三つの橋をくぐり、やがて武家屋敷の路地に通じる船着き場に滑り込んだ。

船頭と佐助が桟橋に飛び降り、舟を桟橋に横付けさせた。

文史郎は先に降り、松平義睦が舟から降りるのを待った。

佐助はぶら提灯を下げ、松平義睦の足許を照らした。

佐助は松平義睦と文史郎の二人の先に立ち、武家屋敷と武家屋敷の間の路地を進んだ。

両側に高い築地塀が続いている。文史郎は先の闇に人の気配がないか、確かめながら歩く。

自分たちの影がぶら提灯の明かりを受けて、築地塀の白壁に揺らめいた。

佐助は道を知っているらしく、十字路に差し掛かっても少しも迷わず、右に左に折れ、文史郎たちを導いた。

やがて佐助は武家屋敷の裏門らしいところで足を止め、通用口の木戸を何回か叩いた。

回数が決まっている様子で、佐助は何度か同じ回数叩いては、じっと耳を澄ました。

文史郎は緊張した。扉の向こう側に人の動く気配があった。それればかりではなく、いつの間にか、路地の先にも、背後の路地にも、人影が立ち、文史郎たちを見張っていた。いずれもただならぬ剣気を放っている。

裏門の通用口の木戸が不意に開いた。

弓張り提灯が木戸の中から突き出され、佐助や松平義睦、文史郎を照らした。

侍が顔を出し、松平義睦だと分かると、何もいわず、木戸の中に入るよう戸を開けて促した。

松平義睦は文史郎について参れと顎をしゃくり、木戸をくぐった。文史郎も続いた。

木戸の内側では、篝火が焚かれ、十数人の侍たちが警備にあたっていた。

いずれも無言で、松平義睦を見ると、頭を下げた。

いつの間にか、佐助の姿は消えていた。代わって、屋敷の裏口には茶坊主が待っていた。

茶坊主は松平義睦に小声でいった。

「老中様方はすでにご到着でございます」

「お早いお着きだな。案内を頼む」

松平義睦は茶坊主を先に立て、暗い廊下を進みはじめた。

文史郎の前には小姓の若侍が立ち塞がった。

「腰のものを預からせていただきます」

小姓は有無を言わせぬ口調でいい、両手を差し出した。文史郎は腰の大小を抜き、小姓に預けた。

小姓は大小の刀を捧げ持ち、どこかへ運び去った。入れ替わるように別の小姓が現れた。

「こちらへどうぞ」

小姓は文史郎に一礼し、廊下に面した部屋を手で差した。

「うむ」

文史郎は部屋に入った。十五畳ほどの広間で、部屋の四隅に立てた燭台の蠟燭が炎を揺らめかせ、部屋を明るく照らしていた。

部屋の中央に座布団が一つ、ぽつんと敷かれている。

「こちらでお待ちください。何か御用がありましたら、お声をかけていただければ、すぐに飛んで参ります」

小姓は廊下に正座し、文史郎を部屋に入れると、静かに襖を閉めた。

文史郎は腹を決め、座布団に正座した。

正面に書院造りの床の間があり、山水画の掛け軸がかかっていた。

しばらくして、茶坊主がお茶の盆を運んで来た。茶坊主は文史郎の前に置き、急須で湯呑み茶碗に茶を注ぐと、一礼して部屋から出ていった。

文史郎は茶を啜った。献上物らしい三河産の香ばしい茶だった。

あたりは森閑として人の気配もない。

広い屋敷らしく、どこからも人の話し声が聞こえてこない。まるで空き家に一人取り残されたかのようだった。

だが、きっとどこかに見張りの者が潜み、自分のことを監視しているのだろう、と文史郎は思った。

文史郎は、ふと先程の茶坊主と松平義睦が交わした会話を思い出していた。

茶坊主は確かに「老中様方はすでにご到着でございます」といっていた。

この屋敷のどこかで、大目付の兄者をはじめとして、老中など幕閣や重臣が集まって鳩首会議を開いているのに違いない。

だから、これだけ厳重な警備がなされているのだ。

しかし、通常、重要な幕閣の会議は江戸城内で開かれる。それがこうした屋敷で開かれるのは異例だった。おそらく何か幕府を揺るがす容易ならぬ重大事件が起こり、こうして秘密の会議を持たざるを得ない事態になっているのに違いない。

近く大規模な廃藩や転封、改易の発表があるのだろうか？

それとも、どこかで戦でも始まるというのだろうか？　最近、各地に出没している異国船が攻め込んで来るとでもいうのだろうか？

文史郎はあれこれと思案を巡らした。

いつまで経っても、松平義睦は戻って来なかった。

太い蠟燭が半分以下に減っても、屋敷の中はしわぶき一つ聞こえず、夜だけが深々と更けていくのだった。

文史郎は足に痺れが来て、足を何度も組み替えながら正座を続けた。

万が一、何か不測の危急事態が起こったとき、直ちに動かねばならない。そのときに足の痺れで不覚を取ったら、兄者に申し訳が立たない。

四本の燭台の蠟燭が燃え尽きそうになったころ、廊下に足音が聞こえ、不意に襖が開いた。先刻の小姓の若侍が部屋に入って来て、新しい蠟燭と取り替え、また無言のまま出て行った。

夜を徹しての会議になりそうだな、と文史郎は思った。今夜は長屋へ帰って寝ることはできそうにないと覚悟を決め、胡坐をかいた。

やがて、取り替えた蠟燭もだいぶ短くなったころ、どこか遠くで数人の男たちの話し声が聞こえた。

そろそろ会議が終わったか、と思ったが、それも束の間、再びあたりは静寂に包まれた。

どこかで朝の刻を告げる鶏の朗々たる鳴き声が響いていた。

そろそろ東の空が白みはじめるころだと文史郎は思った。

そのとき、廊下に数人の足音の気配が起こった。文史郎は姿勢を正した。胡坐をかいていたため、足の痺れは消えていた。

襖が開き、小姓が顔を出した。

「松平義睦様、お帰りにございます」

「うむ」

別の小姓が大小を捧げ持って来た。

文史郎は大小を受け取り、廊下に正座して待った。

手燭を持った茶坊主に案内された松平義睦ともう一人の武家が現れた。がっしりとした体格の侍だった。

「文史郎、だいぶ待たせたな」

松平義睦は静かな口調で文史郎を労《ねぎら》った。

「いえ。これしきのこと」

松平義睦は後ろにいた武家を振り向いた。

「この男が、それがしの弟文史郎でござる。以後、御見知りおきくだされ」

松平義睦は文史郎に振り向いた。

「こちらの方は、公方《くぼう》様の御小姓組番頭の関蔵之助《せきくらのすけ》殿だ」

「お初にお目にかかります。松平文史郎、俗名大館文史郎を名乗っております」

「初めまして。貴殿のこと、かねがね大目付殿から伺っております。どうぞ御見知りおきいただけますよう」

関蔵之助は丁重に文史郎に挨拶をした。

公方様の御小姓組とは、将軍側近の護衛役である。その御小姓組番頭は、御小姓組を指揮統括する頭であり、石高三千石以上で、従五位下の諸太夫《しょだいぶ》である。

御小姓組番頭の下には、七、八人の組頭がおり、各組の番衆を指揮している。

御小姓組には、一騎当千の武芸者が集められている。御小姓組は書院番と並んで、将軍直属の親衛隊であった。

関蔵之助は松平義睦と同じ四十代の壮年で、温厚な面持ちをしていた。だが、御小姓組を率いる番頭ということは、当人も武芸の練達者であると見て間違いない。

「では、大目付殿、それがしは、戻らねばなりませぬので、ここで失礼いたします」

関蔵之助は松平義睦と文史郎に一礼し、茶坊主とともに廊下の奥へと引き返して行った。

「関殿は、わざわざ兄者を見送りに御出でになられたのですかのう」

文史郎は廊下の暗がりに遠ざかる関蔵之助の後ろ姿を見送った。

松平義睦は頭を振った。

「いや、そうではない。関殿はおぬしに一度会っておきたいとこちらへ出ていらしたのだ」

「それがしに？　ほう。なぜですか？」

「……いまに分かる。それはそうと、文史郎、おぬしの仲間の力を借りたいのだが、どうであろうか？」

「大丈夫だと思います」

「実は、やってほしいことがある。ここではなんだ。舟で話そう」

「はい」

松平義睦は玄関の土間に降り、草履を履いた。文史郎も続いた。

あたりは白々と夜が明けはじめていた。篝火の火は落とされ、裏門裏で不寝番をしていた侍たちの姿もなかった。下男らしい男が一人、箒で掃いていた。

通用口の木戸をくぐって外へ出ると、どこからともなく、人影が現れ、文史郎たちの前に立った。文史郎が松平義睦を背後に庇った。

「御帰りなすって。舟でお待ちしてました」

影は佐助だった。

佐助は文史郎たちの先に立って歩き出した。

七

子供たちが喚声を上げながら、長屋の細小路を駆け抜けて行った。

障子戸には明るい陽射しが一杯にあたっている。

文史郎は松平義睦の依頼を話し終えた。

大門は怪訝な顔をし、左衛門と顔を見合わせた。

「つまり、それがしと左衛門殿で、その御仁を昼夜の別なく御守りしろ、というのだな」

「そうだ」

文史郎はうなずいた。

「その御仁が何者なのか、訳も名前も、松平義睦様は教えられぬとおっしゃるのですか?」

「そうだ。兄者は知らぬ方が、我々の身のためだとおっしゃるのだ」

左衛門がきいた。

「しかし、護る相手が分からず、襲ってくる者も分からず、どうやって、その御仁を護ったらいいのか、なんとも難しいですなあ」

大門は黒髯を撫で付けた。

黙って聞いていた弥生が口を開いた。

「つかぬことを御聞きしますが、その御方は男ですか、女子ですか?」

「おう。それをいうのを忘れておった。その御仁というのは女御《にょうご》だ」

文史郎は笑いながらいった。大門はすかさず大きくうなずいた。

「それがし、御守りしましょう」

「大門殿、女御と聞いて、とたんに態度が変わりましたな」

左衛門が苦笑いした。文史郎は頭を振った。

「たぶん、女御だといえばすぐに大門は乗り気になるだろう、と思ってあえていわなかった。渋る兄者から無理遣り聞き出したところによると、大奥の元中臈《ちゅうろう》だそうだ」

「分かり申した。それがしにお任せあれ。その元中臈を、この身を盾にして、しっかりと御守りいたそうではないか」

大門はどんと分厚い胸を叩いた。左衛門が渋い顔でいった。

「大門殿だけでは危ないので、爺も、老いぼれながら、お手伝いいたしましょう」

「では、それがしも、時間の合間を見付けて、お手伝いいたします。女子のことは女子でなければ分からぬことがありましょうから」

弥生は笑いながらいった。

「うむ。それがいい。ぜひに」

文史郎もうなずいた。大門が身を乗り出した。

「殿、で、その元中臈は、どちらに?」

「本所の料亭の離れに匿われている。爺は覚えておるな。それがしといっしょに兄者を訪ねた料亭美浜だ」

「ああ、あそこですか。分かります。だが、あんな人目につくところに、よく匿うことができましたな」

「人目がつくところにいると、かえって、大勢に紛《まぎ》れて目立たないものだ。女将にはすでに我々が行くことが伝わっているそうだ」

「それなら、話は早い」

左衛門はうなずいた。文史郎は続けた。

「女将だけでなく、芸者の歌奴にも話が通じているそうだ」

「行きます行きます。行きますぞ」

大門はすっかりやる気満満になっていた。

文史郎は、昨夜の松平義睦の言葉を思い出しながらいった。

「ところで、女御は大事な生き証人だそうだ。本来なら公儀の者が護らねばならないのだが、その公儀があてにならないらしい。むしろ、公儀は敵側に通じている恐れがある。それで、兄者は、公儀とは無縁なそれがしたちに、女御の保護を頼みたいということらしい」

大門が首を捻った。

「大奥の女御が生き証人だなんて、いったい全体、何が起こっているというのですかねえ」

文史郎は念を押すようにいった。

「それはそうと、爺も大門も、くれぐれも気をつけてほしいことがある。料亭には、普通の客を装って入り、女御には絶対に話しかけたり、いっしょに居てはならん。あまり近寄らず、かといってあまり離れず、異変があればすぐに駆け付けられるような近くにいて、常に女御の身辺を護るのだ」

「近寄ったり、話しかけてはいかん、というのですか」大門は不満そうにいった。

「そうだ。中には客を装った敵の刺客がいるかもしれぬからな」

「分かりました。そこは、爺が女将と相談して、付かず離れずに居られる場所を確保するようにいたしましょう」

文史郎は左衛門にいった。

「頼むぞ。爺、おぬしが頼りだ」

大門が意気込んで文史郎にきいた。

「で、その仕事、いつからでござるか？」

「これから、すぐにだ」

「分かり申した。左衛門殿、さっそく行きましょう。行きましょう」

大門は立ち上がり、左衛門を急かした。

「それがしも御いっしょしましょう」

弥生も立ち上がった。

左衛門も仕方なく立ち、文史郎に向いた。

「いいのですかのう。殿を一人おいて行っては……」

「大丈夫だ。それがしはそれがしで動く。なんとしても生き証人を敵から護ることの方が大事だ」

「さ、左衛門殿も弥生殿も行きましょうぞ」

大門は二人の腕を摑んで引っ張ったが、ふと何かに気付いて、文史郎に振り向いた。

「ところで殿、その料亭での飲み食いは？」

「仕事に差し支えぬよう、ほどほどにな」

「もちろんです。そのお代の支払いは？」

「兄者のツケが利くそうだ」

「それだけ聞けば、安心でござるな」

大門は満面に笑みを浮かべ、左衛門と弥生の袖を引っ張りながら外へ出て行った。

文史郎は、やれやれ、と頭を振った。

八

佐助が迎えに来たのは、大門たちが出掛けて間もなくのことだった。

文史郎は佐助とともに猪牙舟に乗った。

舟は昨夜と同じ二人船頭の二挺櫓立てで速度も早い。

舟は松平義睦の屋敷の船着き場に着いた。

佐助は姿勢を低めて文史郎にいった。

「殿は中でお待ちになられております」

「うむ。そうか」

文史郎は岸に上がり、佐助とともに松平義睦の屋敷の門に回った。

門扉は開かれており、ちょうど邸内から騎馬の一団が外へ駆け出すところだった。

馬上の家士たちは、白鉢巻きに白襷がけという、ものものしい格好をしていた。

およそ二十騎ほどが文史郎と佐助の前を駆け抜けて行った。文史郎は、それを見送りながら、いったい、何が起こったというのだ、と思った。

邸内はすっかり家士たちが出払い、あとには小者か下男の姿があるだけで、がらんとしていた。

「おう、来たか」

松平義睦は玄関先で、文史郎を待っていた。松平義睦も乗馬用の裁着袴に筒袖姿で、手には鞭を持っていた。

「兄者、いったい、何事が起こったというのです？」

「いよいよ、事の始末を付ける時が来た。おぬしは黙って、それがしについて来るがいい。おもしろいものを見せてやろう。馬を引けい」

厩から二頭の馬が引き出されて来た。すでに馬上には鞍が付けられてあった。

「いったい、どちらへ？」

「狩場だ」

狩場？

江戸で狩場といえば、将軍が毎月のように楽しんでいる鷹狩りと鹿狩りの場だ。どちらの狩場も、広大な武蔵野にある。

「いったい、狩場で何があるというのですか？」

「詳しい話は、狩場へ着いてからだ。急げ」

松平義睦は栗毛の馬に乗った。文史郎も黒毛の馬にひらりと飛び乗った。

文史郎はしばらく乗馬から遠ざかっていたが、武士の嗜みとして得意だった。

「行くぞ。付いて参れ」

松平義睦は栗毛の馬の両脇を鐙《あぶみ》で蹴った。文史郎も黒毛の馬の脇腹を蹴り、松平義睦のあとを追った。

二騎の馬は通りに走り出た。通行人たちが慌てて逃げ惑う。時ならぬ騒ぎに物見高い野次馬が通りに飛び出し、文史郎たちを見送った。

松平義睦と文史郎は馬を飛ばし、一路西へ向かって走り出した。


半刻（一時間）ほど馬を馳せると、保土ケ谷の狩場に着いた。

なだらかな丘陵地帯の谷間に萱の原野が広がっていた。その原野の入り口に柵の連なりが見えた。

出入り口に、襷掛けの徒侍《かち》たちが立番していた。徒侍たちは両手を拡げ、松平義睦と文史郎の騎馬を止めた。

「大目付松平義睦だ！　道を開けられい！」

松平義睦が名乗ると徒侍たちは慌てて道を開けた。

柵で仕切られた先の原野に、一本の径が延びていた。

松平義睦はさらに馬に鞭を入れ、その径を駆けていく。文史郎も松平義睦に続いた。

やがて左手のなだらかな斜面の林に、一軒の農家が見えた。その農家を大勢の侍や鉄砲隊の足軽たちが取り囲んでいた。

十数人の徒侍に護られ、一人の武家が農家の前で馬上から采配を振るい、徒侍や足軽たちの指揮を執っているのが見えた。

松平義睦は、その指揮者に馬を寄せた。

「ただいま参った。様子はいかがかな？」

「目代《もくだい》殿、おう、大館殿も、いまお着きか。ちょうどいい。いま打ち込むところでござる」

指揮を執っていたのは御小姓組番頭の関蔵之助だった。関蔵之助は紋の入った腹巻を付け、陣羽織を着込んでいた。

「そうであったか」

松平義睦は馬上に伸び上がり、農家の庭先を望んだ。

突然、農家の中から銃声が轟いた。農家を取り囲んで中を窺っていた徒侍数人が弾かれたように倒れた。

「撃て！」

鉄砲隊の番頭が采配を振り下ろした。それを合図に、鉄砲隊が一斉射撃を行なった。

同時に周囲に待機していた徒侍たちが抜刀して、喚声を上げながら、農家の中に躍り込んだ。

中から怒声や気合いが聞こえた。やがて、農家の縁側や出入り口、裏口から、ばらばらと浪人者たちが飛び出した。

外に待ち受けた白襷姿の徒侍たちが浪人たちを迎え討ち、斬り結んだ。

多勢に無勢。

勝敗は見るからに明らかだった。圧倒的に人数が多い白襷姿の捕り手たちに、浪人たちは劣勢になり、つぎつぎに斬られたり、捕縛されて行く。

「一人も逃すな。徹底的に家捜ししろ！」

関蔵之助は馬上から大声で命令した。

文史郎は関蔵之助に訊いた。

「あの者たちは？」

関蔵之助は松平義睦と顔を見合わせた。

「中津川藩の旧藩士たちだ」

中津川藩？

西国は九州大分にある小藩ではなかったか？

文史郎は、なぜ、その中津川藩の旧藩士がいるというのか、と思った。

「話はあとだ。文史郎、おぬしも、彼らの中に知った顔はおらぬか、よう見ておけ」

「ははっ」

文史郎は応えたものの、戸惑った。

知った顔などいるはずがない。いるとすれば……。

もしや、文史郎が襲われたときの素浪人は、中津川藩の旧藩士だったというのか？

もうひとりの端正な顔の武家がいるというのか？

戦いは終わり、農家の庭に後ろ手に縛られた浪人たちが遺体とともに並ばされている。

白襷をつけた徒侍が一人、農家の方から走ってくると関蔵之助と松平義睦の許に駆け寄った。徒侍は二人を見上げ、報告した。

「大目付様、番頭《ばんがしら》様、全員、取り押さえました。御検分をお願いいたします」

「うむ。ご苦労」

松平義睦と関蔵之助はうなずき、馬の脇腹を蹴った。

「文史郎、ついて参れ」

文史郎も馬の首を農家に向けて走らせた。

三人は庭に馬を走り込ませると、それぞれ馬から飛び降りた。

松平義睦の家士や番衆が駆け寄り、三頭の馬の轡《くつわ》を取った。

農家を取り囲んでいる侍衆は、大目付松平義睦の配下の家士たちと、関蔵之助率いる御小姓組の番衆たちと思われた。それに鉄砲隊や弓組の足軽たちも結集していた。総勢千人を下らない捕り手たちだ。

「皆の者、ご苦労だった」

松平義睦は大声で集まった侍衆や足軽たちを労《ねぎら》った。

徒侍の一人が松平義睦の前に片膝をついてしゃがみ、声を張り上げた。

「大目付様にご報告申しあげます。罪人方は四人死亡、十人を生け取りにいたしました。我が方は死者一人、負傷者六人、うち二名が重傷でした」

「よし、よくやった。負傷した者は、敵味方を問わず、すぐに手当てをしてやれ」

「はい」

侍は引き下がった。

負傷者たちは一ヶ所に集められ、血止めの手当てが行なわれていた。

「目代様、番頭様、この者たちでございます」

番衆の組頭が、松平義睦と関蔵之助を浪人たちの前に案内した。浪人に混じって、農夫のような男もいる。

松平義睦と関蔵之助は、後ろ手に縛られ座らされた男たち一人ひとりを直直に検分しはじめた。

素直に名前を名乗る者もいれば、不貞腐《ふてくさ》れて答えない者もいた。

いずれの男たちも覚悟を決めた様子で、腹が据わっていた。

文史郎は松平義睦に従って、男たちを見て回った。

いずれも見覚えのない男たちだった。

松平義睦は一通り顔を見終えると、文史郎に寄った。

「どうだ。この中に、おぬしを襲った者はおるか？」

「おりませぬ」

「そうか。取り逃がしたか。それとも、はじめからいなかったか」

松平義睦は浮かぬ顔になり、関蔵之助に歩み寄った。

「いかがでござったか？」

「鉄砲方と思われる猟師が二人、ほかはみな侍でござった」

「鉄砲は？」

「これでござる」

関蔵之助は一挺の鉄砲を松平義睦に差し出した。新式の洋式鉄砲だ、と文史郎は思った。

松平義睦は顔をしかめ、鉄砲を受け取ると、しばらくためつすがめつ眺めていたが、文史郎に見せた。

「おぬし、このような洋式鉄砲を見たことがあるか？」

「実物を見るのは初めてですが、蘭学書に似たような銃の絵が載っていたのを見た覚えがあります」

文史郎は銃を受け取り、撃鉄を引き起こした。先込め式の銃だ。

最初に銃口から火薬を詰めた装薬を入れ、そのあとから弾丸を入れる。火種を使わずとも、撃鉄を落とせば撃針が装薬を叩いて火薬を爆発させ、弾丸を発射する。

銃身が長く、標的への照準がつけ易い。

「いったい、このような銃を使って、こやつら何をしようとしていたのですか？」

松平義睦は関蔵之助と顔を見合わせた。関蔵之助がいった。

「目代殿、大館文史郎殿なら、もう話しても、差し支えないのではないですか？」

「そうでござるな。文史郎、ただし、あくまでも、おぬしの胸の内に仕舞っておいてほしい。噂でも広まれば、御政道に障ることになる。他言無用。いいな」

松平義睦はじろりと文史郎を見た。

「はい。誓って他言無用とします」

「実は、三日後に、ここで公方様が鹿狩りをなさることになっておる」

将軍暗殺！

文史郎はすべてを悟り、新式銃を松平義睦に返した。

「しかし、どうして中津川藩の旧藩士たちが、そのような大それたことを？」

松平義睦はうなずいた。

「豊後《ぶんご》中津川藩は三万石の小藩だったが、藩主自らが密かに異国との交易を行ない、多数の銃や弾薬を買い込んでいた」

「ほう」

「それがしは、それを嗅ぎ付け、過日、老中は評定会議にかけた。その結果、中津川藩主を隠居蟄居させ、一万石に改易、備後《びんご》への転封を決定した。それを不服とする藩士の一部が、あろうことか、公方様のお命を狙うために、お狩場に潜んで、鹿狩りに乗じて、事を決行しようとしておったのだ」

将軍様暗殺は天下の大罪である。暗殺を目論んだだけでも、死罪に値する。元藩士たちの仕業とはいえ、藩のお取り潰しは間違いない。

「ところが、これまでの密かな探索の結果、これは事の一部でしかないことが分かった」

「それは、何事ですか？」

文史郎は訝った。

「彼らの背後に、もっと大きなどぶ鼠どもが潜んでおったのだ」

「どぶ鼠ども？」

「ご公儀の一部が、彼ら旧藩士を利用して、公方様を亡き者にし、お世継に自分たちに都合のいい御方を据えようと目論んでおったことが分かったのだ」

「……お世継問題がからんでいるというのですか？」

松平義睦はうなずいた。

「そうだ。公方様を亡き者にして、彼らの推す御方が後を継がれた暁には、中津川藩の改易、転封の決定を取り消し、必ず藩を元に戻し再興させよう。そういう密約が一部の公儀と彼らの間で取り交わされておった」

「一部の公儀というのが、御側御用取次の服部周衛門だったのですか？」

松平義睦は文史郎を制した。

「声が高い。どこに彼らの手先が潜んでいるやもしれぬのだからな」

「はい」

「実は、服部周衛門もまた背後の黒幕に操られた傀儡《かいらい》の一人にすぎないことが分かった」

「…………」

文史郎は考え込んだ。

御側御用取次の服部周衛門をも、背後から操る黒幕といえば、老中しかいない。老中のいったい誰が黒幕だというのだろうか？

「兄者は、どうやって、将軍暗殺を目論む黒幕を嗅ぎ付けることができたのですか？」

「そもそもの発端は、それがしが放っていた間諜が、紀州家に不穏な動きあり、という報告を上げて来たことによる」

紀州徳川家は尾張徳川家、水戸徳川家と並ぶ徳川御三家の一つである。将軍は、この三家から、お世継が選ばれることになっており、いまの将軍家慶《いえよし》は尾張徳川家の出だ。

「なぜ、紀州家が」

「それだ。それには、実は大奥の意向がからんでおるのだ」

「大奥の意向ですと？」

「これまで尾張家のお世継ばかりが続いていることもあって、大奥の中で不遇な目に遇っている局《つぼね》たちの不満が募っておった。局たちは、水野殿の緊縮財政政策以来、以前のような贅沢三昧ができなくなっていた。これは、そもそも将軍の権威が失墜したためだと考え、昔のような将軍の権威を復活させてほしい、と希求していた。そこで、大奥の局たちが暗躍し、守旧派の老中を焚き付け、紀州家からのお世継を画策しはじめたのだ」

「ほほう。黒幕は大奥の局の誰かというのですか？」

「いや、大奥が黒幕というわけではない。その大奥の意向を利用して、ある守旧派の老中が紀州家のお世継を擁立せんと動き出した。それとは知らず、それがしが御側御用取次に紀州家に不穏な動きありと訴え、上様にお取次を願い、御庭番によるお調べをとしたのが、守旧派幕閣の逆鱗に触れたのだ」

「なるほど。蜂の巣に手を差し込んでしまったようなものですな」

「うむ。御側御用取次は上様に取り次いでくれずに訴えを却下したため、こちらとしては調べもできず、困っていたところだった」

「しかし、大目付は上様に直接お目にかかれるはずではなかったのですか」

「できる。しかし、何の証拠もなしに、噂だけで上様に訴えることはできぬ。上様に直訴するには、しっかりとした証拠や証人がおらねばな。そんな折も折、大奥のさるお局が関蔵之助殿に対して、守旧派の老中が大奥のある局たちと結託して、次のお世継を紀州家から出そうと陰謀を巡らしているという密告を寄せたのだ」

「もしや、そのお局様が……」

文史郎は松平義睦を見た。松平義睦は大きくうなずいた。

「そうだ。おぬしの仲間に護衛を頼んだ大事な生き証人のお局だ。歳を召されてからは、ちと我儘になられ、我《が》が強い御仁だが、根は優しいお人だ」

「なるほど。そうでしたか」

ふと文史郎は思い出し笑いをした。

大門め、きっとお局様と知って、いまごろ手を焼いていることだろう。

「どうした？　何かおかしいことをいったか？」

「いえ、こちらのことです」

文史郎は笑いを堪えて、ごまかした。

「目代様、お話が」

家士の一人が松平義睦の許に近寄り、何事かを耳打ちした。

「うむ。分かった。関殿、話がある」

松平義睦は関蔵之助に近寄り、ひそひそと声をひそめて話しはじめた。

た。

松平義睦は話を終えると、踵を返し、家士に「それがしたちの馬を引け」と怒鳴った。

家士たちが大声で馬番に馬を引くようにと叫んだ。

松平義睦は文史郎に向き直った。

「文史郎、至急に戻るぞ」

「はい。また何事が起こったのですか？」

「やつらの一人が白状した。別働隊が生き証人のお局を襲おうとしている」

家士たちが、松平義睦と文史郎の馬を引いて来た。

「分かりました。すぐに戻りましょう」

文史郎は馬に飛び乗った。松平義睦もすでに馬に跨がっている。

「はいよう！」

文史郎と松平義睦は、馬の脇腹を蹴り、馬を駆けさせた。

間に合ってほしい、と文史郎は心の中で願った。

九

文史郎は松平義睦の屋敷に戻ると、いち早く佐助が用意した猪牙舟に乗り替え、本所へ向かった。

松平義睦は屋敷で手勢を集め、あとから加勢に駆け付けることになっている。

本所に着いたときは、すでに夕陽は落ち、料亭が集まっている界隈はすっかり夕闇に覆われていた。

猪牙舟を料亭美浜の船着き場に着けたとき、美浜の家屋から女の悲鳴や男の怒声が聞こえた。

遅かったか、と文史郎は岸に飛び移り、料亭美浜の門前へと駆け付けた。

格子戸ががらりと開き、仲居や芸妓、下女、客の男たちが悲鳴を上げながら走り出て来る。

文史郎と佐助は、彼らを掻き分けるようにして、玄関に入った。

「みんな、逃げて！」

女将が客や仲居たちを誘導していた。

「女将、離れはどこだ！」

文史郎は女将を捉まえていった。女将は文史郎を見ると、叫ぶようにいった。

「こちらへ。案内します」

女将は着物の裾を乱して、廊下を奥へと走り出した。

文史郎と佐助は女将のあとを追った。

「離れはこの先です」

「よし、分かった」

文史郎は鯉口を切り、廊下の奥へと走った。

廊下の奥の暗がりで、いくつかの影が斬り結んでいるのが見えた。刃を交える音が響く。

「爺、大門、どこにいる！」

文史郎は大声で怒鳴った。

「あ、殿。こちらでござる」

左衛門の声が廊下の奥から聞こえた。

黒い影が左衛門に斬り付けていたが、文史郎の声にさっと飛び退いた。

「殿、離れに大門と弥生殿が」

「よし。いま行くぞ」

文史郎は正面から斬り掛かってくる黒い影を打ち払い、ついで横合いから刺突して来た影を袈裟掛けに打ち倒した。骨の折れる手ごたえがあった。

二つの影は声も立てずに蹲った。

いずれも刃を返しての峰打ちだ。

文史郎は中庭に飛び出した。庭を挟んだ向かい側に、数人の影が斬り合っている様子が見えた。

「大門、弥生殿、大丈夫か！　加勢に参ったぞ」

文史郎は怒鳴りながら、斬り合いに飛び込んだ。

目の前に立ちはだかった影を払い、もう一人に体当たりして、転がした。

「殿、こっち」

大門が一人を斬り倒しながら、叫んだ。

「それ、やっておしまい」

甲高い女の声が響いた。離れの床の間に数人の女たちの影が見えた。

「お局様、危のうございます。それがしの後ろに下がって」

弥生の声が聞こえた。弥生が斬り掛かる影を上段から斬り下ろした。

「とうっ」

大門は気合いもろとも、横合いから斬り掛かる影の腕を摑み、中庭に投げ飛ばした。

「そうそう。髯の大門、しっかり。女子の弥生に負けるでないぞ」

お局の声が響く。弥生が必死に迫る敵を斬り払っている。

「弥生殿、大丈夫か」

「殿、大丈夫でござる」

「さあ、それがしが相手だ」

文史郎は弥生を背に庇い、刺突して来た影を下段から斬り上げた。今度は刃を返さなかった。影は血潮を噴いて倒れた。

「いま来たおまえは誰じゃ」

お局の声が文史郎に降り掛かった。

「相談人文史郎でござる」

「大儀じゃ、大儀じゃ」

お局が声を響かせた。

文史郎はまた斬り掛かってきた影を横に斬り払った。

「こっちだ、こっちです！　大目付様、御加勢衆、こちらですぞ！」

突然、中庭を挟んだ廊下から佐助や左衛門の声が響いた。

「おお、応援が参ったのかのう」

お局の喜ぶ声が起こった。

影たちに動揺が走った。

「ようし、応援が来たぞ、大門、弥生、もう一息だ。ぬかるな」

文史郎は暗がりに叫んで、二人を励ました。

「よし、来い。いくらでもお相手いたす」

大門の大音声が暗がりに轟いた。

「引け引け！」

影たちの頭が叫んだ。

それを合図に、黒影たちは一斉に潮が引くように引き揚げはじめた。

「追え追え。追って討っておしまい」

お局が喚き立てていた。

「お局様、落ち着いてくださいませ」

「敵は去りましたぞ」

お付きのお女中たちが口々にお局を宥めていた。

文史郎はあたりに気を配った。影たちは塀を乗り越え、引き揚げて行く。

玄関の方からどやどやっと足音が響いた。

松平義睦を先頭にした家士たちが一団となって廊下を駆けて来た。

行灯に灯が入れられた。離れをぼんやりと照らし出した。

大門も弥生も抜刀したまま、立ち尽くしていた。

お局の女御が床の間の前に立っていた。

「みなの者、ようごじゃった。大門、弥生、左衛門、それから、あとから駆け付けた者はなんと申した？」

「文史郎にござる」

「うむ、文史郎か、ようやった。天晴れであるぞ」

「畏れ入りました」

文史郎は懐紙を出し、刀を拭い、腰の鞘に納めた。

「おう、ご苦労ご苦労。みな、ようやった。礼をいう」

駆け付けた松平義睦が文史郎や大門、弥生、左衛門を労った。

襷掛けの家士たちがどやどやっと離れに踏み込み、転がっている遺体を片付けはじめた。

お局は満足そうにいった。

「目代殿、この者たち、わらわのために、ほんとうによう働いてくれました。ぜひ、上様に申し上げて、褒美を取らせるよう計らってください」

「お局様もご無事でなにより。拙者もほっと安堵いたしております」

松平義睦は正座して、お局に挨拶した。

文史郎は大門や左衛門、弥生に顎をしゃくって、離れを出ようと促した。

「お局様、それがしたちのお役目、無事終わりました。では、これにて失礼いたします」

文史郎はお局に一礼した。

「おう、もう帰るのか。もっと、わらわの傍にいてほしいのじゃがのう。髯の大門、どうじゃのう」

大門は慌ててあとずさった。

「いえいえ。お局様、それがし、まだほかに、やることがありまするゆえ。これにて失礼をばいたします」

「爺、そなたはどうじゃ」

左衛門も急いで尻ごみした。

「はい。それがしも、ちと所用がありまして」

「弥生、そなたはどうか？」

「お局様、それがし、自宅で母が待っておりますゆえ、これにて失礼いたします」

文史郎は苦笑しながら、大門たちといっしょに廊下を引き揚げた。

「殿、とんでもない女御でござった」

左衛門が愚痴をいった。大門も頭を掻いた。

「いやはや、参り申した。あの我儘なお局には往生しましたぞ。もう女御のお守りは懲り懲りでござる」

弥生がからかうようにいった。

「でも、大門様は結構楽しそうにお話しなさっておられたではないですか」

文史郎たちが玄関まで戻って来ると、女将が満面に笑みを浮かべて頭を下げた。

「みなさま、お疲れでしょう。どうぞ座敷にお酒の用意ができておりますので、一息ついてくださいませ」

芸妓や仲居たちも戻り、座敷の入り口で文史郎たちを出迎えた。

「おう、ありがたき幸せ。ではさっそくに頂戴いたしますかな」

大門は真っ先に座敷に入って行った。

「さあさ、どうぞどうぞ」

女将が誘った。左衛門も弥生も仲居たちに腕を摑まれ、座敷に連れ込まれるように入って行った。

「さあ、殿も」

女将が文史郎の腕を取り、座敷へ案内しようとした。

文史郎は、ふと背筋にちりちりするような剣気を感じて振り向いた。

玄関の外に一人の人影が立っていた。月明かりに照らされ、朧に浮かんだのは、あの武家だった。武家は懐手《ふところで》して文史郎を見ていた。

武家は何もいわず、無言のままくるりと踵を返し、玄関先から姿を消した。

「女将、少々用事ができた。すぐに戻る。みんなには、先にやっていてくれ、といってくれ」

文史郎は女将の止めるのも聞かず、草履に足を突っ掛け、外に出た。

掘割沿いの道をゆっくりと歩いて行く武家の背中が見えた。

文史郎が玄関先に立つと、武家は一度振り返った。それから、またゆっくりと歩を進めた。まるで、文史郎について来いと誘っているようであった。

文史郎は覚悟を決め、武家のあとを追った。

武家は稲荷神社の鳥居を潜って境内に消えた。消える前に、ちらりと文史郎を振り向いた。

文史郎はあとを追って稲荷神社の鳥居を潜った。

参道に武家は立っていた。

「ここなら邪魔は入らぬ。この前の立ち合いの決着をつけたいが、いかがかな」

「よかろう。嫌だといっても、おぬしは許さぬだろうからな」

「しかり。よくも邪魔してくれた。おかげで、それがしたちの目論見はすべて水の泡となった。その礼をせねばなるまい」

武家はすらりと刀を抜いた。月明かりに刃が鈍く光った。

「この前、黒岩乙左衛門《おつざえもん》の殺人剣を破ったおぬしの剣技、しかと見分いたした。心形刀流の秘剣と見たが、いかがかな？」

「しかり、秘剣引き潮」

文史郎は応え、鯉口を切った。

「おぬしの名前、お聞かせ願おう」

「大崎平右衛門《おおさきへいうえもん》」

大崎は正眼に構えた。文史郎は八相に構えた。

間合い二間。

互いにじりじりと左に回りはじめた。

強い、と文史郎は思った。

刀が次第に大きくなり、切っ先の陰に大崎の軀が隠れて行くように感じる。

文史郎は八相から刀を下段に移し、地面すれすれに切っ先を走らせた。

秘剣引き潮。

隙を見せ、相手の打ち込みを誘う。

大崎がにやりと笑ったように思った。大崎は正眼を崩し、相下段に構えを変えた。

次の瞬間、大崎の右足が滑るように出た。一足一刀の間合いだ。

大崎の刀が下段から斬り上げるように文史郎に襲いかかった。

文史郎は動かず、大崎の刀を鎬で受け流した。そのまま刀を滑らせ、大崎の腕を撫で斬りしようとした。

大崎は文史郎の刀を弾いて避けた。

次の瞬間、大崎の刀が上段に上がり、上から文史郎に斬り下ろされた。

文史郎は下段に構えた刀を斬り上げ、大崎の刀を弾くと見せ、そのまま胴を抜いた。

刀が大崎の脇腹から胸を斬り裂いた。
一瞬、大崎は小さく呻いた。文史郎は大崎に軀を預けた。
ついでくるりと軀を反転させ、袈裟掛けに大崎を斬り下げた。
大崎の胸から血潮が噴き出した。大崎はがっくりと膝から崩れ落ちた。
文史郎は残心に入った。目を閉じ、大崎の冥福を祈った。
「殿、お見事！」
左衛門の声が聞こえた。
いつの間にか、大門、弥生も黙って見ていた。声も出さなかった。
文史郎は懐紙で刀の血を拭い、鞘に納めた。
大崎平右衛門に合掌した。

その後、幕府は何事もなかったように、変わりがなかった。
ただ、老中の一人が隠居したという噂が流れただけだった。
文史郎たちにも、何も変化はなかった。
いつものように長屋には、平穏な日々が戻っただけだった。
文史郎はこれでいいのだ、と思った。

将軍家のお世継問題など、庶民には関係もないこと、そう思うと、死んで行った者たちが哀れだと感じた。

時代小説
二見時代小説文庫

剣鬼往来《けんきおうらい》　剣客相談人《けんかくそうだんにん》5

著者　森《もり》　詠《えい》

発行所　株式会社　二見書房
東京都千代田区三崎町二－一八－一一
電話　〇三－三五一五－二三一一［営業］
〇三－三五一五－二三一三［編集］
振替　〇〇一七〇－四－二六三九

印刷　株式会社　堀内印刷所
製本　ナショナル製本協同組合

落丁・乱丁本はお取り替えいたします。
定価は、カバーに表示してあります。

ISBN978－4－576－12022－5
http://www.futami.co.jp/

火の砦（上） 無名剣
大久保智弘［著］

鹿島新当流柏原道場で麒麟児と謳われた早野小太郎は、剣友の奥村七郎に野駆けに誘われ、帰途、謎の騎馬軍団に襲われた！それが後の凶変の予兆となり…。

火の砦（下） 胡蝶剣
大久保智弘［著］

慶安四年、家光が逝去し家綱が継いだ。老中松平信綱が幕閣を把握し、その権力の座についた。一方、早野小太郎は数奇な運命の激変に襲われはじめていた……。

水妖伝 御庭番宰領
大久保智弘［著］

信州弓月藩の元剣術指南役で無外流の達人鵜飼兵馬を狙う妖剣！連続する斬殺体と陰謀の真相は？時代小説大賞の本格派作家、渾身の書き下ろし

孤剣、闇を翔ける 御庭番宰領
大久保智弘［著］

時代小説大賞作家による好評「御庭番宰領」シリーズ、その波瀾万丈の先駆作品。無外流の達人鵜飼兵馬は公儀御庭番の宰領として信州への遠国御用に旅立つ！

吉原宵心中 御庭番宰領3
大久保智弘［著］

無外流の達人鵜飼兵馬は吉原田圃で十六歳の振袖新造・薄紅を助けた。異様な事件の発端となるとも知らずに……ますます快調の御庭番宰領第3弾

秘花伝 御庭番宰領4
大久保智弘［著］

身許不明の武士の惨殺体と微笑した美女の死体。二つの事件が無外流の達人鵜飼兵馬を危地に誘う…。時代小説大賞作家が圧倒的な迫力で権力の悪を描き切った傑作！

無の剣 御庭番宰領5
大久保智弘［著］

時代は田沼意次から松平定信へ。鵜飼兵馬は有形から無形の自在剣へと、新境地に達しつつあった……時代小説の新しい地平に挑み、豊かな収穫を示す一作

妖花伝 御庭番宰領6
大久保智弘［著］

剣客として生きるべきか？宰領（隠密）として生きるべきか？無外流の達人兵馬の苦悩は深く、そんな折、新たな密命が下り、京、大坂への暗雲旅が始まった。

公家武者 松平信平《のぶひら》 狐のちょうちん
佐々木裕一［著］

後に一万石の大名になった実在の人物・鷹司松平信平。紀州藩主の姫と婚礼したが貧乏旗本ゆえ共に暮せない。町に出ては秘剣で悪党退治。異色旗本の痛快な青春

姫のため息 公家武者 松平信平2
佐々木裕一［著］

江戸は今、二年前の由比正雪の乱の残党狩りで騒然。背後に紀州藩主頼宣追い落としの策謀が……。まだ見ぬ妻と、舅を護るべく公家武者の秘剣が唸る。

四谷の弁慶 公家武者 松平信平3
佐々木裕一［著］

千石取りになるまでは信平は妻の松姫とは共に暮せない。今はまだ百石取り。そんな折、四谷で旗本ばかりを狙い刀狩をする大男の噂が舞い込んできて……。

神の子 花川戸町自身番日記1
辻堂魁［著］

浅草花川戸町の船着場界隈、けなげに生きる江戸庶民の織りなす悲しみと喜び。恋あり笑いあり人情の哀愁あり、壮絶な殺陣ありの物語。大人気作家が贈る新シリーズ第1弾！

やらずの雨　日本橋物語7

森 真沙子［著］

出戻りだが病いの義母を抱え商いに奮闘する通称とんぼ屋の女将お瑛。ある日、絹という女が現れ、紙問屋若松屋主人誠蔵の子供の事で相談があると言う。

お日柄もよく　日本橋物語8

森 真沙子［著］

日本橋で店を張る美人女将お瑛に、祝言の朝に消えた花嫁の身代わりになってほしいという依頼が……。多様な推理小説を追究し続ける作家が描く下町の人情

桜《はな》追い人　日本橋物語9

森 真沙子［著］

美人女将お瑛のもとに、岡っ引きの岩蔵が凶報を持ち込んだ……「両国河岸に、行方知れずのあんたの実父が打ち上げられた」というのだ。シリーズ最新刊！

間借り隠居　八丁堀 裏十手1

牧 秀彦［著］

北町の虎と恐れられた同心が、還暦を機に十手を返上。その矢先に家督を譲った息子夫婦が夜逃げ。間借りしながら、老いても衰えぬ剣技と知恵で悪に挑む！

お助け人情剣　八丁堀 裏十手2

牧 秀彦［著］

元廻同心、嵐田左門と岡っ引きの鉄平、御様御用山田家の夫婦剣客、算盤侍の同心・半井半平。五人の〝裏十手〟が結集して、法で裁けぬ悪を退治する！

剣客の情け　八丁堀 裏十手3

牧 秀彦［著］

嵐田左門、六十二歳。心形刀流、起倒流で、北町の虎の誇りを貫く。裏十手の報酬は左門の命代。一命を賭して戦うことで手に入る、誇りの代償。孫ほどの娘に惚れられ…

二見時代小説文庫

居眠り同心 影御用 源之助 人助け帖
早見俊［著］
凄腕の筆頭同心がひょんなことで閑職に……。暇で暇で死にそうな日々に、さる大名家の江戸留守居から極秘の影御用が舞い込んだ。新シリーズ第1弾！

朝顔の姫 居眠り同心 影御用2
早見俊［著］
元筆頭同心に御台所様御用人の旗本から息女美玖姫探索の依頼。時を同じくして八丁堀同心の不審死が告げられた。左遷された凄腕同心の意地と人情。第2弾！

与力の娘 居眠り同心 影御用3
早見俊［著］
吟味方与力の一人娘が役者絵から抜け出たような徒組頭次男坊に懸想した。与力の跡を継ぐ婿候補の身上を探れ！「居眠り番」蔵間源之助に極秘の影御用が…！

犬侍の嫁 居眠り同心 影御用4
早見俊［著］
弘前藩御馬廻り三百石まで出世した、かつての竜虎と謳われた剣友が妻を離縁して江戸へ出奔。同じ頃、弘前藩御納戸頭の斬殺体が江戸で発見された！

草笛が啼《な》く 居眠り同心 影御用5
早見俊［著］
両替商と老中の裏を探れ！北町奉行直々の密命に居眠り同心の目が覚めた！同じ頃、母を老中の側室にされた少年が江戸に出て…。大人気シリーズ第5弾

同心の妹 居眠り同心 影御用6
早見俊［著］
兄妹二人で生きてきた南町の若き豪腕同心が濡れ衣の罠に嵌まった。この身に代えても兄の無実を晴らしたい！血を吐くような娘の想いに居眠り番の血がたぎる！

殿さまの貌《かお》 居眠り同心 影御用7
早見俊［著］
逆袈裟魔《ぎゃくげさま》出没の江戸で八万五千石の大名が行方知れずとなった！元筆頭同心で今は居眠り番と揶揄される源之助のもとに、ふたつの奇妙な影御用が舞い込んだ！